평행세계 속의 먼치킨 8

2023년 9월 8일 초판 1쇄 인쇄
2023년 9월 13일 초판 1쇄 발행

지은이 운천룡
발행인 강준규

기획 이기헌 왕소현 임동관 박경무 강민구 조익현
책임편집 주현진
마케팅지원 이원선

발행처 (주)로크미디어
출판등록 2003년 3월 24일
주소 서울시 마포구 마포대로 45 일진빌딩 6층
Tel (02)3273-5135 **Fax** (02)3273-5134
홈페이지 rokmedia.com **E-mail** rokmedia@empas.com

© 운천룡, 2023

값 9,000원

ISBN 979-11-408-1138-0 (8권)
ISBN 979-11-408-0705-5 04810 (세트)

평행세계 먼치 속의 킨

운천룡 퓨전 판타지 장편소설

CONTENTS

1장

산양의 입에서 방출된 빛 한 줄기는 눈 깜짝할 사이에 영웅에게 적중했고 그 모습을 지켜보던 마족은 고개를 갸웃거렸다.

"뭐지? 원래 저 기술에 맞으면 샤라락 소리가 나지 않았었나?"

"그치, 순식간에 재로 변하는 소리가 났었지."

"그런데 왜 저기서는 그 소리가 아니라 기분 나쁜 소리가 들리지?"

머지않아서 그 이유를 알게 되는 두 마족이었다.

푸른 광선이 지나간 자리는 그 엄청난 열기에 땅마저 녹아내려서 흐물거리고 있었다.

그런 땅 위에 알몸의 상태로 멀쩡하게 자신들을 바라보며 웃고 있는 인간이 보였다.

"마, 말도 안 돼……."

"헬 브레스와 고르고스의 분노가 합쳐진 공격을 맞고도 아무렇지 않다고?"

자신들이 들은 그 기분 나쁜 소리는 헬 브레스가 인간을 재로 만들지 못하고 튕겨 나가는 소리였다.

마족이 뭐라 뭐라 떠드는 것을 듣던 영웅은 자신의 몸을 둘러보며 입을 열었다.

"아나……. 새 옷이었는데……."

자신의 알몸을 보며 한숨을 쉬더니 이내 자신들끼리 뭐라고 신나게 떠드는 두 마족을 노려보았다.

"일단 입으로 하는 대화는 안 통할 것 같고……. 그럼 만국 공통어로 대화를 해야겠군."

영웅이 씩 미소를 지으며 열심히 대화를 주고받는 두 마족을 향해 순간 이동을 했다.

슈팍─!

순식간에 자신들 앞으로 이동한 영웅을 보며 당황하는 두 마족.

"뭐, 뭐야! 마, 마법을 할 줄 아는 인간이었나? 그런데 아까는 왜 그렇게?"

"지금 그게 문제야? 피해!"

위험을 감지한 마족이 피하라며 재빨리 몸을 뒤로 이동하려 했지만 늦었다.

영웅의 주먹이 한발 더 빨랐다.

퍼퍽-!

눈에 보이지도 않을 속도로 사이좋게 복부에 한 방씩 자신의 주먹을 찔러 넣는 영웅이었다.

"커헉!"

"끄윽!"

둘의 신음에 영웅이 환하게 미소를 지으며 말했다.

"이건 알아듣겠네. 이것 봐. 역시 몸의 대화는 어딜 가나 통한다니까."

마족은 지금 이 상황이 이해되질 않았다.

왜 자신들이 이렇게 고통스러워하고 있는지 말이다.

인간계에서 자신들에게 이런 충격을 줄 수 있는 것은 오라 마스터급 정도뿐이었고, 그들도 이렇게 큰 충격을 주진 못했다.

드래곤 정도는 되어야 자신들도 진지하게 마음먹고 전력을 다해 싸워 보겠지만, 인간은 아니었다.

그런데 눈앞의 인간은 그런 자신들에게 엄청난 충격을 주었다.

어찌나 충격이 컸는지 아직도 정신을 못 차리고 고통이 남아 있어 움직이지도 못하고 있었다.

몸이 움직이지도 못할 정도의 충격을 주는 인간이라니.

이들의 머리에 비상종이 마구 울리고 있었다.

최대한 거리를 벌리라고, 여기서 빨리 도망가라고 그렇게 말하고 있었지만, 몸이 움직이질 않았다.

눈치 빠른 영웅이 몸을 움직이려고 애쓰는 둘을 보며 눈을 반짝였다.

"그걸 버틴 것도 놀라운데 벌써 회복한다고? 하하, 여기 뭐야? 재밌는 곳이잖아?"

자신의 주먹을 맞고도 이렇게 빨리 회복하고 몸을 움직이려는 자들을 보니 즐거웠다.

"재미는 재미고 일단 하던 건 마저 해야겠지?"

영웅의 중얼거림에 마족은 움찔했다.

알아듣지는 못했지만, 몸이 반응하고 있었다.

"이제부터 너희를 팰 거야. 내 말을 알아들을 때까지."

그리고 사악한 미소를 지었다.

그 모습이 자신들이 모시는 대마왕을 보는 것 같아 섬뜩함을 느낀 두 마족이었다.

그들이 재빨리 입을 열어 무언가 말을 하려 했지만, 영웅의 주먹이 더 빨랐다.

후웅– 후웅– 후우우우우우우우웅–!

천천히 움직이던 주먹의 속도가 이내 고속으로 움직이며 두 마족의 온몸을 난타하기 시작했다.

퍼퍼퍼퍼퍼퍼퍽-!

"꾸에에에엑!"

"끄아아아아악!"

신기하게 이렇게 맞는데도 이들의 몸은 전혀 뒤로 밀리지 않고 있었다.

그 이유는 친절하게도 마족이 밀려 나지 않게 영웅이 자신의 기운으로 붙잡아 두고 패고 있기 때문이었다.

털썩-!

털썩-!

얼굴이 곤죽이 된 두 마족은 그대로 힘없이 바닥으로 쓰러졌다.

"리스토어."

영웅은 만신창이가 된 둘에게 평소처럼 리스토어를 걸었다.

그런데 오는 반응은 지금까지와 완전히 달랐다.

"으가가가가가각!"

"으그그그그극!"

리스토어를 맞은 두 마족이 엄청나게 고통스러워하며 몸부림을 치는 것이었다.

"어라? 이건 또 처음 보는 현상이네?"

영웅이 지금까지 리스토어를 사용하면서 한 번도 경험한 적 없었던 장면을 보고 있었다.

리스토어는 모든 것을 원상태로 돌려놓는 기술이었다.

물론, 이들의 몸도 원상태로 돌아가고 있었다.

문제는 그 과정에서 이들이 거품을 물며 고통스러워하고 있다는 것이었다.

처음 겪는 신기한 현상에 영웅은 그것을 유심히 지켜보았다.

하지만 망가졌던 몸이 복구되면서 고통도 사라졌는지 다시 기절하는 둘이었다.

바닥에 게거품을 물고 꿈틀거리며 기절한 두 마족이 신기했는지 영웅은 쪼그려 앉아서 둘을 이리저리 눌러 보며 신기하게 바라보았다.

"뭐지? 인간이 아니라서 반응이 남다른 건가? 아니면, 이 세계 사람들은 내 기술과 상성이 안 맞나?"

기절한 둘을 바라보고 찔러 보고 이리저리 돌려 보며 관찰하는 데 여념이 없는 영웅이었다.

"그나저나 몸은 복구가 되었는데 고통 때문에 다시 기절했으니 어쩐다……."

하지만 그것은 걱정하는 척하는 것이었다.

다시 사악한 미소를 지으며 중얼거렸다.

"뭘 어쩌긴 어째? 더 좋은 방법을 찾았으니 그것을 써야지. 이번엔 기절도 못 하게 조금 더 기운을 불어 넣어 볼까?"

그러고는 다시 리스토어를 펼치는 영웅이었다.

역시나 효과가 바로 나왔다.

둘은 다시 시작된 엄청난 고통에 눈을 번쩍 뜨고는 지옥에서나 들려올 법한 섬뜩한 신음을 내질렀다.

마족은 정말로 울고 싶었다.

이 미친 인간은 자신들의 약점이 신성 기술인 것을 알았는지 연신 신성 기술을 사용하고 있었다.

심지어 지금까지 당해 본 그 어떤 신성 기술보다 강하고 괴로웠다.

더 웃긴 건 신성 기술을 당하면 자신들은 고통으로 끝나는 것이 아니라 몸이 상해야 정상인데, 이 인간이 쓰는 신성 기술은 고통스럽지만 몸이 치유되고 있었다.

그게 더 이들을 공포로 몰아넣고 있었다.

원래대로라면 서서히 죽어 가고 있었을 것이고 이 고통에서 머지않아 해방될 테니까.

하지만 지금은 아니었다.

오히려 몸이 쌩쌩해지고 있었고 그로 인해 고통은 아주 또렷하게 느껴지고 있었다.

"아아아악! 이, 이제 그, 그만!"

"제, 제발! 끄으으윽! 그, 그만!"

마족들이 애원했지만 영웅은 연신 고개를 갸웃거리기만 할 뿐이었다.

그제야 무언가 이상함을 느낀 마족이 있는 힘을 다해 손을 뻗어 제발 그만하라는 제스처를 표했다.

간절한 눈빛은 덤이었다.

그것이 통했는지 영웅의 움직임이 멈췄다.

"내 말을 알아들을 때까지 한다고 했을 텐데?"

그리 말하고 다시 손을 뻗으려는 찰나, 잠시 멈춘 그 순간에 마족 중 하나가 자신의 품에서 무언가를 재빨리 꺼내 영웅에게 내밀었다.

그것은 금빛의 반지였고 그 옆에 또 다른 마족은 이것을 손가락에 끼라는 시늉을 영웅에게 계속했다.

"이 반지를 끼라고?"

영웅은 그것을 받아 들고는 자신의 손가락에 꼈다.

그러자 조금 전까지 알아듣지 못했던 말이 동시 번역되어 영웅의 귀에 들려오기 시작했다.

"이, 이제 우리의 말을 아, 알아듣겠지?"

"그, 그러지 않을까? 모든 종족의 언어를 대륙 공용어로 바꾸어 주는 아티팩트인데."

둘은 잔뜩 긴장한 표정으로 영웅을 바라보고 있었다.

영웅은 둘의 대화를 들으면서 신기한 표정으로 반지를 바라보았다.

"이것 참 신기하군."

영웅의 말 역시 두 마족에게 해석되어 들리고 있었다.

그에 둘의 표정이 환하게 변했다.

"마, 말이 통한다!"

"돼, 됐어!"

둘은 이제 이 지옥에서 벗어날 수 있다는 희망에 기쁜 표정으로 환하게 웃었다.

하지만 그것은 둘의 착각이었다.

영웅은 둘을 놔줄 생각이 조금도 없었다.

이곳이 어떤 곳인지 잘 모르니 안내인이 필요했고 또 자신을 죽이려고 공격한 놈들을 곱게 보내 주고 싶지도 않았다.

"너희는 뭐냐?"

영웅이 드디어 질문했다.

"우, 우리는 마족이다! 그 사실은 너도 알고 있지 않은가!"

"마족?"

"그, 그렇다. 뭐, 뭐냐, 마치 우리를 처음 보는 듯한 그 눈빛은!"

"아아, 미안. 내가 지금 기억이 나질 않아서. 오죽했으면 이곳 언어도 까먹었을까."

"그, 그게 정말이냐?"

"내가 너희에게 거짓말을 할 이유가 없는데? 나보다 약한 놈들에게 굳이 거짓으로 대답할 필요가 있을까?"

영웅의 대답에 두 마족은 말문이 막혔다.

조금 전에 자신들에게 실컷 괴롭힘을 당하다가 죽은 것을 아는데, 부활하더니 완전히 다른 사람이 되어 있었다.

죽음에서 되돌아오면 강해진다는 이야기는 들었지만, 이렇게 극적으로 경험할 줄은 몰랐다.

"저, 정말로 인간이 맞는가?"

마족 하나가 조심스럽게 물었다.

"인간 맞지. 평범한 인간."

영웅의 대답에 둘은 말도 안 되는 소리라는 표정으로 영웅을 바라보았다.

대륙 초인이라 불리는 초월자들 정도가 아니고서야 자신들을 이렇게 다룰 수는 없었다.

"우, 우리가 기억이 없다면 이, 이만 우리는 가 봐도 되지 않을까?"

마족의 물음에 영웅이 고개를 저으며 대답했다.

"안 되지. 방금 이야기했잖아, 나 기억을 잃었다고. 너희가 내 시중을 좀 들어야겠다."

"뭐? 인간의 시중을 들으라고? 우리가?"

"그럴 수는 없다! 우리는 인간의 시중을 들지 않는다!"

영웅의 말에 둘은 격한 반응을 일으키며 다시 싸울 자세를 취했다.

그가 두렵고 자신들이 상대가 되지 않는다는 것을 알지만 이것은 다른 이야기였다.

인간의 시중을 드느니 죽거나 소멸하는 것이 훨씬 나았다.

그것은 자신들의 최후의 자존심이었다.

"인간의 시종이 될 바엔 차라리 죽겠다!"

"마신이시여! 저희에게 힘을 주소서! 마족의 명예를 위하여!"

순식간에 둘의 몸에서 불같은 기운이 뿜어져 나왔고 그들은 그 기운을 극한까지 끌어올린 뒤에 동시에 영웅을 향해 돌진했다.

그 모습에 마치 자신의 몸을 희생하여 자살하려고 뛰어드는 것처럼 보였다.

"흠, 자살 공격인가?"

과거에 저런 공격을 많이 겪어 보았다.

몸에 폭탄을 주렁주렁 달고 달려오던 놈들도 저런 눈빛이었다.

영웅의 예상은 맞았다.

그들은 명예로운 죽음을 택하기로 한 것이다.

"죽어라! 인간!"

"위대하신 마신이시여! 마신의 곁으로 이 미천한 종이 가나이다!"

큐잉-!

미친 소처럼 엄청난 기운을 폭사시키며 영웅을 향해 달려오던 둘은 알 수 없는 힘에 의해 멈춰 버렸다.

"이익! 이, 이게 뭐야!"

"제, 젠장! 몸이 움직이질 않아! 으아아악!"

아무리 발버둥을 쳐 봐도 꼼짝도 하지 않는 자신들의 몸을 바라보다가 이내 영웅을 향해 고개를 들었다.

자신을 쳐다보는 둘을 향해 영웅이 씩 웃으며 말했다.

"왜? 내가 그런 거 같아서?"

고개를 살짝 끄덕이는 둘을 바라보며 영웅이 즐거운 눈빛으로 말했다.

"맞아, 나야. 내가 그랬어. 그래서 죽고 싶다고? 방금 그렇게 외친 것으로 보였는데?"

그러더니 자신의 힘 때문에 움직이지 못하는 둘에게 천천히 다가가며 말했다.

"알았어. 그게 소원이라면 그렇게 해 주지. 나는 참, 사람이 좋은 것 같아. 이렇게 소원도 들어주고."

사악한 미소와 함께 천천히 걸어와 자신들에게 죽음을 선사해 주겠다는 영웅을 바라보며, 두 마족은 오싹한 기분을 느꼈다.

그리고 동시에 영웅의 몸에서 뿜어져 나오는 기운에 경악했다.

영웅의 몸에선 그들이 지금까지 느껴 보지 못했던 어마어마한 양의 마기가 뿜어져 나오고 있었다.

"이, 인간의 몸에…… 이, 이런 기, 기운이라니……."

"대, 대마왕님보다…… 더 강한 마기다……."

둘은 정신을 차릴 수가 없었다.

그냥 인간인 줄 알았는데 혼란이 오기 시작했다.

인간이 어찌 저렇게 순수하고 짙은 마기를 몸에 지니고 있단 말인가.

동공이 연신 흔들리는 둘을 바라보며 영웅은 자기 생각이 맞았음을 느꼈다.

영웅은 일부러 노리고 마기를 내뿜은 것이다.

이들의 기운이 과거 중원의 마교에서 느꼈던 것과 비슷했기에 따라 해 본 것인데 정확하게 통했다.

어느덧 두 마족의 몸에서 활화산처럼 뿜어져 나오던 기운은 사라지고, 그들은 멍한 얼굴로 영웅을 바라보고 있을 뿐이었다.

"자, 어느 놈부터 죽음의 고통을 느끼게 해 줄까?"

그리 말하고는 손을 뻗었다.

"그냥 편하게 둘 다 느끼게 해 주지."

빠지직-!

그 순간 뇌전이 튀는 소리가 마족의 귀에 들려왔고 그 소리와 함께 몸에서 엄청난 고통이 시작되었다.

아까 신성 기술에 당했을 때와는 차원이 다른 고통, 아니 마족 인생 통틀어서 처음 느껴 보는 고통이었다.

어찌나 고통스러운지 아까와는 달리 비명조차 나오지 않았다.

아니, 숨을 쉴 수조차 없을 정도로 고통스러웠다.

머릿속이 하얗게 변해 가며 오로지 고통만이 그들을 지배하고 있었다.
　잠시 후, 끝날 것 같지 않았던 고통이 사라지고 거친 숨을 토해 내며 연신 기침을 해 대는 마족들이었다.
　"쿨럭! 쿨럭!"
　"혁헉! 쿨럭!"
　제대로 정신을 차리지 못하고 고통스러운 기침만을 해 대는 그들에게 진짜 악마의 속삭임이 들려왔다.
　"휴식 끝."
　"혁! 자, 잠까……."
　"아, 안 돼! 끄헉!"
　다시 시작된 고통 속에서 명예를 위해선 목숨도 걸 수 있다던 그들의 비장했던 눈빛은 점차 약해져 갔다.
　이 고통에서 벗어날 수 있다면 무엇이든지 하겠다는 마음이 두 마족을 야금야금 갉아먹고 있었다.

　"그러니까 너희는 인간이 아니라는 거지?"
　"그렇습니다! 저희는 마계에서 인간계를 침공하기 위한 전초기지를 만들기 위해 인간계로 내려온 마족입니다!"
　두 마족은 영웅의 질문에 재깍재깍 지체 없이 대답하고 있었다.

조금이라도 머뭇거리면 곧바로 영웅은 그들에게 고통을
주었다. 전에 받았던 고통보다 더 강도가 높게 말이다.

그렇게 하루 동안 죽지도 못하고 기절도 못 하며 고통을
받은 이들은 절대로 영웅을 벗어날 수 없다는 것을 깨닫고는
이렇게 순종적으로 바뀌었다.

이들의 마음을 접게 만든 이유 중에는 영웅의 강함도 포함
되어 있었다.

자신들이 모시는 대마왕보다도 짙고 강한 마기를 보유한
인간.

대마왕이 직접 와도 눈앞의 괴물 같은 인간을 이기는 그림
이 그려지지 않았다.

"그럼 나는 누구지?"

"그, 그건……."

자신이 누구냐는 질문에 마족들이 당황하자 영웅이 손을
들어 올리는 시늉을 했다.

그러자 둘은 재빨리 엎드리고는 울먹이며 외쳤다.

"모, 모릅니다! 정말입니다! 가, 갑자기 나타나서는 저희
를 공격하셨습니다! 정말입니다!"

"마, 맞습니다! 그, 그래서 저희는 바, 방어했을 뿐입니다!
미, 믿어 주십시오!"

손이 닳도록 싹싹 빌면서 제발 믿어 달라고 애절하게 외치

고 있었다.

그 모습에 영웅은 들어 올리던 손을 그대로 턱으로 가져가 긁으며 말했다.

"그럼 내가 누군지에 대한 단서라도 찾아봐."

마족은 미치고 팔짝 뛸 노릇이었다.

자신들이 영웅의 정체를 어찌 안단 말인가.

인간 자체를 벌레 보듯이 보는 이들이라 딱히 인간들에게 관심조차 없던 이들이었다.

그때 마족 하나가 벌떡 일어나 구석으로 달려가더니 바닥에 떨어진 무언가를 주워서 들어 올렸다.

그리고는 재빨리 영웅 앞으로 달려와 아주 공손하게 그것을 바쳤다.

"이게 뭐야? 검?"

화려한 장식이 검면에 새겨진 검이었다.

"그, 그 검면에 새겨진 문양이 아무래도 가문을 나타내는 문양 같습니다. 그 문양이 어느 가문 것인지 알아내면 저, 정체를 알 수 있지 않겠습니까?"

마족은 최대한 조심스럽게 눈치를 살피며 말했다.

"흠, 가문의 문양이라……."

듣고 보니 일리가 있는 말이었다.

너 자신을 알라.

영웅은 여기가 어디든 일단 자신을 먼저 알아야 했다.

내가 누군지도 모르는데 이곳에서 자유롭게 활개를 치고 다닐 수는 없는 노릇이 아닌가.

나중에 생길 오해나 쓸데없는 일에 휘말리지 않기 위해서는 무엇보다 자신이 누구인지 파악하는 것이 급선무였다.

"어느 가문인지는 알고?"

영웅의 질문에 두 마족이 고개를 절레절레 흔들다가 무언가가 기억났는지 한 마족이 고개를 번쩍 들며 말했다.

"아! 아, 아까 이곳에 들어오면서 외치셨었습니다! 어, 메스릭 가문의 보로스라고 말입니다!"

"메스릭 가문?"

"네! 부, 분명히 그렇게 외치며 저희에게 검을 들이대셨습니다."

"저, 저도 기억이 납니다. 메스릭 가문이라고 외치며 악의 무리를 가만두지 않겠다고 하셨습니다!"

둘의 대답에 영웅은 이마를 감쌌다.

아무래도 중2병에 걸린 놈이었나 보다.

저런 낯부끄러운 소릴 아무렇지도 않게 지껄인 것을 보면.

거기에 겁대가리도 없었던 모양이다.

하긴, 그러니 마족에게 죽임을 당했겠지만.

일단 대충 자신이 어느 가문의 인간인지는 파악이 된 것 같았다.

그러면 그 가문이 어디에 있는지 또 무엇을 하는 집안인지를 알아야 했다.

　문제는 이곳 세상에 대해 아는 바가 전혀 없다는 것이었다.

　영웅은 자신의 얼굴을 감싸던 손을 내리며 두 마족을 지그시 쳐다보았다.

　"인간계를 공격하기 위해서 준비를 하고 있었다면 인간계에 대해 누구보다 잘 아는 놈이 있겠네. 그렇지?"

　영웅의 질문에 둘의 동공이 잠시 흔들렸다.

　"어딨어?"

　"그, 그건……."

　"정보원이 있을 거 아냐. 어쭈? 대답이 느려지네?"

　영웅이 다시 사악한 미소를 지으며 손을 들려고 하자 마족이 경기를 일으키며 재빨리 외쳤다.

　"이, 있습니다! 있다고요! 그러니 제발!"

　"오, 있어? 그럼 데려와."

　"아, 알겠습니다. 지, 지금 당장 데려오겠습니다."

　그리 말하고 재빨리 나가려는 마족에게 영웅이 말했다.

　"도망가도 좋아. 하지만 알아 둬. 도망가겠다고 마음을 먹는 그 순간 아까와는 차원이 다른 고통이 너에게 찾아갈 테니."

　멈칫-!

　서둘러서 나가려던 이유가 도망치기 위함이었는데 저리

말하고 있었다.

나가려던 마족이 침을 꿀꺽 삼키며 천천히 고개를 돌려 영웅을 바라보며 어색한 웃음을 짓고는 말했다.

"하하……. 도, 도망이라니요. 아, 아닙니다."

"아냐, 가도 돼. 보통은 사실인지 아닌지 알아보려고 시도하는 놈들이 꼭 있더라고."

저렇게 말하니 더욱 고민이 되는 마족이었다.

'아씨! 미치겠네. 저 말이 사실인가? 가만, 지금 도망가겠다고 쭉 생각했는데 멀쩡했잖아? 크크, 그럼 그렇지, 인간.'

마족은 속으로 회심의 미소를 지었다.

생각해 보니 계속 도망을 가겠다고 생각하고 있었는데 멀쩡했다.

그것을 발견한 자신을 대견하게 생각하며 속으로는 기쁨의 함성을 내질렀다. 물론 겉으로는 잔뜩 겁먹은 표정을 혼신의 힘으로 연기하는 마족이었다.

"그, 그럼 제, 제가 얼른 가서 데려오겠습니다."

마족의 말에 영웅이 고개를 끄덕였다.

그 모습에 마족은 뒤도 돌아보지 않고 자신들이 있던 던전 밖으로 있는 힘껏 달리기 시작했다.

남은 마족은 그 모습을 부럽게 바라보고 있었다.

'멍청이! 먼저 나섰어야지!'

자신의 멍청함을 원망하며 풀 죽은 표정으로 엉거주춤하

게 서 있었다.

그 모습에 영웅이 피식 웃으며 말했다.

"조금 뒤면 먼저 안 나선 것을 잘했다고 생각할걸."

영웅의 말에 남아 있던 마족, 아크라가 고개를 갸웃거렸다.

그리고 그 궁금증은 곧 해결되었다.

"끄아아아아악!"

폐부를 쥐어짜는 듯한 고통스러운 비명이 던전 전체에 울려 퍼지고 있었다.

"끄으으으으윽!"

그 소리에 아크라의 온몸에 소름이 돋았고, 곧 아크라는 영웅을 바라보았다.

영웅은 그 눈빛이 무엇을 의미하는지 눈치채고는 말해 주었다.

"내가 분명히 도망가겠다는 마음을 먹으면 아까와는 차원이 다른 고통이 찾아갈 거라고 이야기를 했는데……. 봐, 꼭안 믿고 저렇게 경험을 해 본다니까?"

그리 말하며 아크라를 바라보고 씩 웃는 영웅이었다.

아크라는 그런 영웅의 모습에 동공이 세차게 흔들리며 자신이 먼저 나서지 않은 것을 정말로 다행이라고 안도했다.

자신이었어도 믿지 않고 도주를 시도했을 것이고 그럼 저고통의 소리는 자신의 목에서 흘러나오고 있었을 것이다.

자신도 모르게 침을 꿀떡 삼킨 아크라의 등을 영웅이 감싸 안고는 말했다.

"가 보자. 가서 봐야지. 얼마나 몸부림을 치고 있는지, 크 크."

세상 즐거운 표정을 지으며 말하는 영웅을 보며 아크라는 생각했다.

'지, 진정한 아, 악마다. 대, 대마왕도 이, 이 정도는 아니 다…….'

분명히 인간들이 말하는 악마들은 자신들이었는데, 자신 들보다 더한 인간이 바로 눈앞에 있었다.

"뭐 해? 가자. 너희가 좋아하는 거 아냐? 누군가의 고통을 보는 거."

물론, 인간의 고통을 보는 것을 즐기는 편은 맞다.

하지만 자신과 같은 마족의 고통을 보는 것은 다른 문제였 다.

그것은 곧 자신도 겪을 수 있는 현실이었으니까.

영웅을 따라간 곳에는 온몸이 기이한 모습으로 꺾인 채, 눈이 금방이라도 튀어나올 것 같은 얼굴로 도망가려던 마족 이 입에 거품을 물고 꺽꺽거리고 있었다.

너무도 고통스러운 나머지 이제는 비명조차 지르지 못하 고 있었다.

도망을 시도했던 마족, 자쿠의 눈에서는 연신 눈물이 흘러

내리고 있었다.

평생 눈물을 흘리지 않는 종족이라는 마족.

그중에서도 상위 마족인 자쿠의 눈에서 인간과 똑같은 눈물이 줄줄 흘러나오고 있었다.

아크라는 평소였다면 저것을 가지고 놀려 댔겠지만, 지금은 절대로 그럴 수 없었다.

저 기분을 누구보다 잘 알고 있기 때문이었다.

끔찍하게 변한 자쿠의 모습에 덜덜 떨고 있는 아크라의 뒤에서 아주 부드러운 목소리가 들려왔다.

"쯧쯧, 그러니까 내가 그렇게 신신당부를 했는데. 너도 들었지? 내가 신신당부하는 거."

영웅의 물음에 아크라가 경기를 일으키며 즉각 대답했다.

"네! 부, 분명히 들었습니다!"

"내 잘못 아니다. 그렇지?"

"네! 당연한 말씀이십니다!"

대마왕 앞에서도 이렇게 절도 있고 빠릿빠릿한 모습을 보인 적이 없는 아크라였다.

영웅이라는 거대한 공포에 이미 몸과 마음이 잠식되어 버린 것을 느끼지 못한 채 연신 영웅의 질문에 재깍재깍 대답하고 있었다.

그런 아크라의 대답이 만족스러웠는지 영웅이 크게 인심을 쓰는 말투로 말했다.

"너 맘에 든다. 오늘부터 내 수하 해라."

"네?"

인간의 수하라니.

이건 생각해 보지 않은 문제였다.

"뭐야? 고민을 하네?"

하지만 그건 찰나의 고민이었다.

"아닙니다! 너무 영광스러운 제안이라 감격해서 잠시 말문이 막혔습니다! 감사합니다!"

본능과 이성 모두가 이미 영웅에게 굴복한 상태였다.

아크라의 우렁찬 대답에 영웅이 만족스러운 표정으로 고개를 끄덕이며 고통 때문에 몸을 기이한 형태로 꺾은 채로 눈물을 흘리는 자쿠에게 다가갔다.

"거봐. 내가 그렇게 친절하게 말을 해 주었는데. 이그……. 그러니까 왜 내 말을 안 믿었어."

그리 말하며 자쿠의 머리에 손을 올리는 영웅이었다.

"푸학!"

고통이 풀리면서 고통으로 인해 숨조차 못 쉬고 있던 자쿠의 입에서 깊은 호흡이 흘러나왔다.

"헉헉헉!"

온몸은 이미 땀범벅이 되어 있었고 그의 표정은 넋이 나가 있었다.

눈에는 초점이 없었고 일어날 생각조차 못 한 채 연신 거친 숨을 몰아쉬고 있었다.

"정신 좀 차리지? 아니면 정신 차리게 한 번 더?"

부드러운 영웅의 목소리가 넋이 나간 자쿠의 귀로 들어갔고 한 번 더라는 단어가 자쿠의 뇌리에 박혔다.

그 말이 뇌리에 박히자마자 자쿠가 용수철처럼 튀어 올랐다.

그리고 영웅의 다리를 붙잡고 엉엉 울기 시작했다.

본디 마족은 눈물이 없는 종족이었다.

태어나서도 울지 않는 종족.

슬픔을 즐기고 고통을 만끽하는 종족.

그것이 마족이다.

그 마족이 지금 닭똥 같은 눈물을 뚝뚝 떨어뜨리며 울고 있었다.

이것을 다른 마족들이 봤다면 경악을 하고 역사에 올렸을 것이다.

마족 역사상 처음으로 눈물을 흘린 마족이라고 말이다.

물론, 아크라도 이 모든 광경을 두 눈 부릅뜨고 지켜보고 있었지만, 그 역시 자쿠가 통곡하는 것을 보고 고개를 끄덕였다.

자신도 자쿠에게 공감하고 있었다.

영웅의 손에 걸리면 제아무리 대마왕이라 해도 울지 않고는 버티지 못하리라 생각하고 있었다.

"제가 잘못했습니다! 제발! 제발!"

"그러니까 내가 신신당부를 했잖아. 도망가겠다고 생각하면 끔찍한 고통이 찾아올 것이라고. 만약, 내가 없는 곳에서 그 생각을 했으면 너는 평생 죽지도 못하고 그 고통 속에서 몸부림쳐야 했을걸."

평생이라니.

잠깐의 고통에도 정신이 가출하고 미치는 줄 알았는데 아까의 그 고통을 평생 느껴야 한다는 말에 자쿠는 더욱더 애가 달았다.

무조건 영웅에게 잘 보여야 했다.

자신은 죽었으면 죽었지 절대로 아까의 고통을 다시 느끼고 싶지 않았다.

"주, 주인! 주인으로 모시겠습니다! 하라는 것은 다 하겠습니다! 기라면 기고! 짖으라면 짖을 것입니다! 멍멍! 왈왈!"

처절하고 애절한 광경이었다.

"알았어, 그만!"

영웅의 말에 곧바로 입을 다무는 자쿠였다.

그 모습을 지켜보던 아크라는 차마 보지 못하고 눈을 감으며 고개를 돌렸다.

속으로 자신은 저런 상태에서 주종 관계를 맺지 않아서 정말 다행이라고 생각하면서.

영웅은 자쿠에게 다시 이곳에 대해 자세히 아는 놈을 데리고 오라고 지시하고 아크라에게는 던전을 지키고 있으라 명한 뒤에 밖으로 나왔다.

영웅의 눈에 보인 이곳 세상의 풍경은 그야말로 판타지 그자체였다.

두 개의 달이 하늘에 떠 있었고 다른 세상에서는 한 번도 보지 못했던 엄청난 크기의 나무들이 사방에 펼쳐져 있었다.

눈에 보이는 모든 것들이 거대하고 컸다.

"신기하네. 정말로 이런 세상이 우주 어딘가에 있었다는 것이."

소설 속에서나 읽었던 세상이 정말로 넓은 우주 어딘가에 존재하고 있었다.

잠시 이곳 세상을 감상하던 영웅은 고개를 들어 하늘을 바라보고는 그대로 날아올랐다.

일단 가장 먼저 화이트 웜홀을 찾아 두는 것이 중요했다.

"잘 보이는 곳에 있어야 할 텐데."

어찌 되었든 발견은 하겠지만 지금까지처럼 쉽게 발견을 하느냐 아니면 조금 시간이 걸리느냐의 차이가 있었다.

하늘 높이 날아오른 영웅의 몸은 순식간에 대기권까지 솟아올랐다.

대기권에 올라온 영웅은 잠깐 멈춘 뒤에 몸을 돌려 세상을 바라보았다.

"지구보다 더 큰 곳인가? 그러고 보니 중력도 조금 더 강한 거 같기도 하고."

잠시 감상한 영웅은 곧바로 눈에 힘을 주었다.

영웅의 초신안이 대륙 곳곳을 살피기 시작한 것이다.

아주 꼼꼼하게 한참을 살피던 영웅은 이내 고개를 푹 숙이며 한숨을 쉬었다.

"하아, 일단 이쪽에선 안 보이네. 반대쪽으로 가 봐야겠군."

화이트 웜홀은 한 번에 발견되지 않고 있었다.

"투시까지 하는 불상사가 일어나지 않았으면 좋겠는데."

영웅은 이내 반대쪽으로 이동한 뒤에 다시 초신안으로 구석구석을 살피기 시작했다.

한참을 찾았지만 결국 화이트 웜홀은 보이지 않았다.

"뭐지? 정말로 동굴이나 땅속에 있나? 아니면, 누군가가 그것을 신성하게 여겨 건물을 지었나?"

충분히 가능한 이야기였다.

밀월신교만 봐도 알 수 있지 않은가.

조선시대에서도 역시 신성하게 여기고 그곳에 제단을 쌓았고.

"흠, 그렇다면 신전 같은 곳을 먼저 찾아봐야겠군."

영웅은 곧바로 다시 둘러보기 시작했다.

이번엔 신전같이 생긴 건물만 골라서 투시로 안을 들여다보았다.

그렇게 한참을 뒤지던 중 특이하게 생긴 신전 안에 아지랑이가 올라오는 것을 발견했다.

"찾았다! 하하하!"

역시나 신전 안에 있었다.

영웅은 기쁜 나머지 그곳으로 순간 이동 했다.

슈팍-!

안으로 들어오자 기다렸다는 듯이 웜홀이 반응하며 환한 빛을 내뿜기 시작했다.

오직 영웅이기에 가능한 방법이었다.

보통의 각성자들이었다면 절대로 찾을 수 없는 위치였다.

일단 신전은 산속 깊은 곳에 있었다. 심지어 오랜 세월이 지났는지 입구는 대부분 흙 속에 파묻혀 있었고 사람의 손길 같은 것이 전혀 느껴지지 않았다.

아마도 고대 신 중 누군가를 모시던 신전 같았다.

오랜 세월의 풍파를 알려 주듯이 신전 안의 석상은 풍화되어 희미하게 인간의 모습만을 한 채로 남아 있었다.

"이러니 못 찾지. 이렇게 다 허물어져 가는 신전 안에 존재하면 누가 찾나."

이곳을 찾기 위해선 이 엄청나게 깊은 산속을 뚫고 들어와야 했고 뚫고 들어온다 해도 이렇게 보이지도 않는 곳에 묻힌 신전을 찾는 것은 거의 불가능에 가까웠다.

아무튼, 화이트 웜홀을 찾은 영웅은 미소를 지으며 그 안으로 몸을 밀어 넣었다.

파악—!

순식간에 통과하니 두 눈을 동그랗게 뜬 채 자신을 바라보는 아더가 보였다.

"주인!"

반갑게 맞이하는 아더에게 살짝 미소를 지어 준 영웅이 물었다.

"대략 1시간 걸렸나?"

"조, 조금 더 걸리셨습니다. 저, 정말로……."

리차드의 말에 영웅이 고개를 끄덕이며 정말로 놀란 표정으로 서 있는 아몬드를 바라보았다.

아몬드는 침을 꿀꺽 삼키더니 떨리는 목소리로 말했다.

"저, 정말이었군요. 저, 정말로 화이트 웜홀에 들어가셔서 돌아오실 수 있는 분이셨군요."

리차드 역시 떨리는 눈으로 영웅을 바라보며 연신 믿기지 않는 표정으로 서 있었다.

사실 자신도 반신반의했던 일이었다.

다들 경악한 상태에서 아더만이 기쁜 표정으로 영웅에게 달려가 말했다.

"주인! 이제 저도 데려갑니까?"

환한 표정으로 연신 영웅을 바라보며 기대 가득한 모습을 보이는 아더였다.

그 모습이 강아지 같아 보여 영웅은 자신도 모르게 웃었다.

"하하, 그래. 같이 가자. 네가 곁에 있으면 저쪽에서 심심하지 않겠네."

"저는 준비가 되었습니다. 어서 저를 아공간에 넣어 주십시오!"

아더는 인간형이 아닌 작은 고양이의 모습으로 폴리모프를 하더니 영웅의 손에 안겼다.

손에 안긴 아더를 잠시 바라보다가 리차드와 아몬드에게 말하는 영웅이었다.

"자, 이제 본격적으로 찾아볼 테니 너무 걱정하지 말고 볼일들 보고 있어."

"아, 알겠습니다. 마스터."

"협회장님도요."

"아, 알겠습니다. 그, 그럼 영웅 님만 믿고 저는 기다리고 있겠습니다."

아몬드의 말에 영웅이 고개를 끄덕이고는 아더를 4차원 공간에 밀어 넣고 다시 화이트 웜홀 속으로 들어갔다.

웜홀 속 세상에 들어온 아더는 고개를 연신 갸웃거리며 주변을 두리번거렸다.

"왜 그래?"

"여기 제가 살던 곳이랑 매우 비슷한데요?"

아더는 하늘에 떠 있는 달을 가리키며 말했다.

"하늘에 두 개의 달이 떠 있는 것도 그렇고, 전체적으로 고향의 냄새가 나는 곳이네요."

"그래? 정말로 네 고향인 거 아냐?"

영웅의 말에 아더가 고개를 절레절레 흔들었다.

"비슷하긴 하지만 제 고향은 아닙니다. 무엇보다 제 고향보다 이곳이 활동하기가 훨씬 더 편하군요."

아더가 말하는 저 편하다는 의미가 아마도 중력을 말하는 것 같았다.

"흠, 그래?"

"어차피 고향에 미련은 없습니다. 전에도 말했지만, 고향에는 안 좋은 기억뿐이니까요."

아더의 말에 영웅이 고개를 끄덕이며 말했다.

"어디가 되었든 그곳에 적응하고 지내면 그곳이 고향이지."

"맞습니다. 저의 새로운 고향은 바로 주인 곁입니다."

그러면서 씨익 웃는 아더였다.

이제 제법 자연스럽게 영웅에게 존대하고 대화도 주도하고 있었다.

묻는 말에만 대답하던 전과 비교하면 정말로 많은 발전을 한 것이다.

"그렇게 생각해 주니 고맙군. 자, 기다리겠다. 어서 가자."

"벌써 이곳에 사람을 만들어 두셨습니까?"

아더가 놀란 표정으로 묻자 영웅이 고개를 끄덕이고는 아더의 손을 잡고 순간 이동 해 버렸다.

슈파-!

눈 깜짝할 사이에 어두컴컴한 던전으로 이동한 아더는 주변을 두리번거리다가 익숙한 기운을 느꼈다.

그 순간 아더의 몸에서 드래곤 피어가 뿜어져 나오기 시작했다.

"마족!"

그랬다.

아더의 철천지원수인 마족의 기운이었다.

아더가 발견한 마족은 바로 영웅이 수하로 받아들인 아크라였다.

자신의 부모를 죽인 종족, 마족.

한편, 아크라는 갑작스러운 드래곤 피어에 혼비백산하며 뒷걸음질을 치기 시작했다.

이 괴물 같은 인간이 동행인을 데리고 온다길래 대수롭지 않게 생각했는데, 그 동행인이 드래곤이었다.

"드, 드래곤! 그, 그것도 가장 흉포하다는 레드 드래곤이라니!"

아크라가 경악하며 연신 뒷걸음질을 쳤다.

갑자기 드래곤이 이곳에 왜 나타난단 말인가?

자신들 앞의 드래곤은 성장기의 드래곤이 아니었다. 이미 다 성장한 데다가 내뿜는 기운을 보았을 때 고룡급의 드래곤이었다.

고룡급 드래곤은 마왕군 군단장급 정도가 와야 상대할 수 있었다.

아니, 대마왕의 휘하에 있는 7대마왕 중 하나가 나서야 겨우 막을 수 있는 강력한 종족이 바로 드래곤이었다.

오죽했으면 중간계의 조율자라 불리며 마왕들과 같이 반신의 경지에 이른 괴물들이라고 하겠는가. 인간계를 침공하는 계획에서 가장 많이 신경을 쓰는 종족이 바로 드래곤이었다.

하나같이 오만하고 편협한 성격을 가진 탓에 쉽게 뭉치지 않는다는 것이 그나마 다행이라면 다행이었다.

그렇다고 해도 이곳에 드래곤이 나타난 것을 이해할 수 있는 것은 아니었다.

심지어 저 드래곤은 마족에게 엄청난 원한이 있는 것 같아

보였다.

그 증거로 자신의 눈앞의 레드 드래곤이 살기를 내뿜으며 자신을 노려보고 있었다.

자신의 살길은 대마왕과 비슷한 힘을 가진 인간에게 비는 것뿐이었다.

"드, 드래곤이 저를 죽이려고 합니다. 사, 살려 주십시오!"

아크라가 영웅에게 엎드리며 말하자 영웅이 아더에게 말했다.

"그만, 같은 편이다."

영웅의 말에 아더의 기운이 언제 그랬냐는 듯이 순식간에 가라앉았다.

눈빛이 차가운 것은 그대로였지만 자신을 죽일 듯이 날리던 살기와 드래곤 피어가 사라진 것이다.

"이곳은 네가 살던 세상이 아니잖아. 복수는 나중에 고향에 가게 되면 하자."

"알겠습니다, 주인."

아더가 고개를 숙이며 말하자 아크라가 경악한 표정으로 바닥에 주저앉으며 중얼거렸다.

"주, 주인이라고? 드, 드래곤이 주, 주인을 모신다고?"

아크라의 중얼거림에 아더가 눈을 부라리며 말했다.

"앞으로 주인에게 불성실한 행동을 할 시엔 내가 네놈을 가만두지 않을 것이다."

당장이라도 잡아먹을 것처럼 으르렁거리며 말하는 아더의 모습에 아크라는 자신도 모르게 고개를 끄덕였다.

영웅 하나로도 미칠 지경인데 거기에 드래곤이라니.

아크라는 이제 빠져나갈 길이 사라지고 있음을 점점 깨달았다.

그나마 위로가 되는 것은 자신 혼자만 이 지옥에 빠진 것이 아니라는 사실이었고, 자쿠와 자쿠가 데려올 신입까지 있다는 생각에 살짝 기분이 풀어졌다.

"아직도 안 왔어? 이쯤이면 와서 대기하고 있어야지."

영웅의 말에 아크라가 재빨리 고개를 조아리며 말했다.

"그 정보원이 있는 위치까지 거리가 좀 됩니다. 그래서 시간이 걸리는 것 같습니다."

"그래?"

호랑이도 제 말 하면 나타난다고 했던가?

아크라에게 언제 오는지 묻는 그때 자쿠가 모습을 드러냈다.

그의 옆에는 웬 노인네 한 명이 있었고, 그는 주변을 둘러보다가 아크라를 발견하고는 달려가 한쪽 무릎을 꿇으며 인사를 올렸다.

"마신의 종이 귀하신 분께 인사 올립니다."

자쿠가 데려온 노인은 영웅과 아더는 전혀 신경을 쓰지 않고 오로지 아크라에게만 집중하고 있었다.

노인의 행동을 보니 아크라와 자쿠는 마계에서 제법 지위가 되는 마족 같아 보였다.

자쿠가 데려온 노인에 대해 영웅이 호기심을 느끼고 있을 때, 옆에서 아더가 코웃음을 치며 영웅의 궁금증을 풀어 주었다.

"흥! 흑마법사군. 서클이 여덟 개나 되는 것을 보니 제법 실력은 있는 놈이네."

아더의 말에 노인이 고개를 돌려 아더를 바라보았다.

그러다가 이내 눈이 커지더니 경건하던 자세가 무너지며 바닥에 주저앉았다.

"헉! 드, 드래곤?"

마법의 조종이라 불리는 드래곤의 몸에서 풍기는 마나의 짙은 향은 마법사인 그에게 대번에 눈앞에 있는 자가 드래곤임을 알려 주었다.

흑마법사의 말에 자쿠 역시 눈이 동그랗게 변하며 아더를 바라보았다. 정말로 그의 몸에서 드래곤 피어가 미세하게 흘러나오고 있었다.

"드, 드래곤이라니? 갑자기?"

사쿠 역시 크게 당황하여 뒤로 한 걸음 물러서며 아크라를 바라보았다.

이게 지금 무슨 상황인지 설명을 하라는 눈빛이었다.

대륙의 정보를 모아서 자신들에게 전해 주는 흑마법사를

데리러 갔다 온 사이에 새로운 인물이 와 있었고, 심지어 그 인물의 정체가 중간계의 지배자이며 성격이 더럽기로 유명한 드래곤이었다.

그리고 자신의 눈앞에 있는 드래곤은 머리카락 색을 보아 성질이 더럽기로 유명한 드래곤 중에서도 가장 지랄 같은 성격을 가진 레드 드래곤이었다.

아크라는 자신도 저 드래곤에 대해 아는 바가 전혀 없었기에 목을 움츠리며 영웅에게 도움의 눈빛을 보냈다.

하지만 그 상황을 정리하고 나선 것은 영웅이 아닌 아더였다.

"내가 왜 이곳에 있는지 궁금하다는 표정이군. 좋다! 설명해 주지. 그 더러운 귀를 활짝 열어서 똑똑히 들어라."

그의 말에 자쿠와 아크라, 그리고 흑마법사의 시선이 일제히 아더에게로 향했다.

"이 몸은 너희가 짐작한 그것이 맞다. 난 레드 드래곤 아더라고 한다. 그리고 저기 계신 분은 나의 주인이다."

정말로 드래곤이라는 것도 놀라 자빠질 일인데 옆에 있는 인간을 가리키며 주인이라고 말하고 있었다.

아크라는 이미 들은 내용이기에 그리 크게 놀라진 않았지만, 처음 듣는 자쿠와 흑마법사는 턱이 빠질 정도로 입을 크게 벌린 채 경악하고 있었다.

지금까지 살면서 처음 보는 광경이었다.

드래곤에게 주인이라니.

그 주인이 인간이라니.

드래곤 일족이 이 사실을 안다면 앞뒤 안 가리고 모두 몰려와 드래곤의 명예를 더럽혔다며 저 레드 드래곤의 사지를 갈기갈기 찢어발길 것이다.

흑마법사는 그렇게 생각했다.

저 레드 드래곤은 무언가 모자란 드래곤이라고.

그러지 않고서는 저런 행동을 할 리가 없다고.

'모자란 드래곤이라니……. 오히려 조심해야겠군. 모자란 놈이면 어디로 튈지 모르니…….'

그리 생각하니 마음이 편해졌다.

물론, 모자란 드래곤이라는 설정도 말이 안 되었지만, 그 말도 안 되는 것이 지금 상황에서 가장 말이 되고 있었다.

한편, 자쿠와 아크라는 흑마법사와 전혀 다르게 생각하고 있었다.

'미친! 괴물인 줄은 알았지만 드래곤을 수하로 데리고 있을 줄이야.'

'대마왕님이어도 드래곤을 저리 순종적으로 만들진 못할 텐데……. 역시나 우리가 당했던 그 엄청난 고문 때문인가?'

자신들이 당했던 그 끔찍한 고문이라면 저리 순종적으로 나오는 것이 이해되었다.

그리 생각하니 눈앞의 드래곤이 더는 무섭지 않고 오히려 동병상련을 느끼고 있었다.

'우리처럼 붙잡힌 것이겠지…….'

'분명 뭣도 모르고 덤볐다가 우리처럼 엄청난 고문을 당했겠지.'

자신들 처지는 생각도 않고 측은한 표정으로 아더를 바라보는 두 마족이었다.

이렇듯 다들 서로 다른 생각을 하며 멍하니 서 있는 것을 잠시 바라보던 영웅이 입을 열었다.

"쟤냐? 대륙에 대한 정보에 빠삭하다는 놈이?"

영웅의 말에 흑마법사의 이마에 힘줄이 튀어나왔다.

새파랗게 어린놈이 위대하신 8서클 흑마법사인 자신을 저따위로 부르다니.

하지만 그는 노련한 흑마법사였다.

지금 분위기를 재빨리 읽고 왠지 나서면 안 될 것 같은 기분이 들었다. 그 생각은 맞아 들었다.

흑마법사의 눈앞에는 자신을 데리고 온 자쿠가 세상 공손한 자세로 부복을 하며 보고하고 있었다.

자쿠가 누구인가.

싸움이라면 밥 먹는 것보다 좋아한다는 마계에서도 투마족(鬪魔族)이라 불리는 전투 마족이 바로 그였다.

마족의 지위는 그 전투력으로 정해졌고 최하급부터 시작해서 하급, 중급, 상급, 최상급으로 나뉘어 있었다.

상급부터는 귀족으로 불리며 모든 전투에서 선봉에 설 만큼 강했다.

자쿠는 마족 중에서도 가장 강하다는 전투 마족이었고 그 전투 마족 중에서도 상급에 속하는 귀족의 지위를 가진 마족이었다.

그런데 그런 그가 두려운 눈빛으로 인간에게 복종하는 모습을 보이는 것이었다.

'이게 무슨 일이야? 아니, 내가 지금 꿈을 꾸고 있는 건가?'

흑마법사는 자신의 눈앞에서 펼쳐지는 이 광경이 이해되질 않았다.

눈을 비비고 뺨을 때려 보아도 눈앞의 장면은 현실이었다.

심지어 자쿠와 같은 등급의 마족인 아크라 역시 옆에서 두 손을 공손히 모은 채 영웅의 눈치를 보고 있었다.

"네, 그렇습니다. 주군."

주군이란다.

마족들에게 주인이 있다면 그것은 대마왕뿐이었다.

최하급이나 하급 마족이라면 귀족 등급의 마족에게 굴복해서 주인으로 모실 수도 있었다.

그런데 그냥 마족도 아니고 상급 마족이 인간을 향해 주군이라 부르고 있었다.

'저, 저분들이 날 가지고 장난을 치시는 것인가?'

급기야 흑마법사는 마족이 인간계에서의 생활이 지루한 나머지 자신에게 장난을 친다고 생각하기 시작했다.

하지만 그 생각은 오래가지 못했다.

영웅이 자신의 손에 들려 있는 검을 흑마법사에게 던지며 질문을 해 왔기 때문이었다.

땡그랑-!

"그 검에 있는 문양이 어느 가문인지 말해 봐."

흑마법사는 어리둥절한 표정을 지으며 정말로 저 질문에 답을 해야 하냐는 얼굴로 자쿠와 아크라를 번갈아 가며 쳐다보았다.

그 모습에 영웅이 심각한 표정을 지으며 말했다.

"거참, 내가 몇 번을 말하게 만드는 거지? 약발이 벌써 떨어졌나? 약발이 떨어졌으면 다시 채워 줘야 하는데……."

우드득- 우득우득-!

목을 꺾고 주먹을 쥐었다 폈다 하면서 자쿠와 아크라를 바라보는 영웅이었다.

그 모습에 기겁한 자쿠와 아크라가 동시에 영웅에게 달려들어 그의 양발에 각각 매달려서는 처절하게 애원하기 시작했다.

"제, 제가 교육을 확실하게 하겠습니다! 정말입니다! 그, 급하게 데려오느라 교육하지 못했습니다! 정말입니다!"

"자쿠가 교육을 제대로 못 하면 제, 제가 시키겠습니다!

아주 주군의 말씀이라면 조금의 머뭇거림도 없이 곧바로 대답이 튀어나오게 만들어 놓겠습니다!"

둘의 처절한 울부짖음에 영웅이 살짝 표정을 풀며 물었다.

"확실하지? 시간은 얼마나 줄까? 나 바쁜데…….”

"시, 시간……. 어, 1시간이면 됩니다!"

"좋아. 그 정도는 기다려 주지. 만약 교육했음에도 대답이 시원찮으면……. 세상 즐거운 시간이 기다리고 있을 테니 기대해."

영웅이 이를 드러내며 환하게 웃었지만 두 마족에겐 그것이 웃음으로 보이지 않았다.

둘은 결연한 표정을 지으며 흑마법사를 노려보다가 동시에 튀어 나가 황당한 표정을 한 그를 끌고 어디론가 사라졌다.

"이름."

"네! 흑마법사 레이어 카트라이라고 합니다! 그냥 레이어라고 불러 주십시오!"

"아까 물어본 것에 대한 대답은?"

"네! 이 문양은 칼빈 제국의 황가를 나타내는 문양입니다! 오로지 황족만이 이 문양을 사용할 수 있습니다!"

"칼빈 제국?"

"그렇습니다! 남대륙에서 가장 강한 국가입니다!"

"그럼 내가 누군지 알아?"

"그, 그건……."

질문에 대한 답에 막히자 뒤에서 엄청난 살기가 레이어의 몸을 감싸기 시작했다.

뒤에선 아크라와 자쿠가 그를 찢어 죽일 듯한 눈빛으로 바라보고 있었다.

레이어는 정말로 온 힘을 기울여 영웅의 얼굴을 기억해 내려고 노력했다.

그의 이마에서는 땀이 흥건하게 젖어 턱으로 줄줄 흘러내리고 있었다.

그러다가 기억이 났는지 환희에 찬 표정으로 고개를 번쩍 들고 외쳤다.

"기, 기억이 났습니다! 부, 분명히 기억이 납니다! 제국의 막내 황자! 메스릭 디 보로스!"

레이어의 말에 영웅이 고개를 끄덕였다.

아크라와 자쿠가 말했던 이름과 똑같았기 때문이었다.

"황제의 아들이라……. 아니, 황자가 왜 이런 곳까지 와서 생쇼를 했을까?"

영웅이 턱을 긁으며 생각에 잠기자 혹시나 방해가 될까 봐 숨소리조차 내지 못하고 입을 꾹 다물고 있는 레이어였다.

레이어는 지금 이게 무슨 상황인지 갈피를 잡지 못했다.

메스릭 디 보로스.

칼빈 제국의 막내 황자였지만 그는 제국에서도 골칫거리로 통할 정도로 막 나가는 황자였다.

레이어가 그 황자의 얼굴을 기억할 수 있었던 것은 안 좋은 쪽으로 유명한 인사였기 때문이었다.

솔직히 기억할 가치조차 없는 인물이었기에 이렇게 힘들게 기억해 낸 것이었다.

문제는 자신의 머릿속 그 황자에 대한 정보에는 그 어디에도 이렇게 강하다는 내용이 없었다.

드래곤과 상급 마족 둘을 수하로 둘 정도의 강함을 가진 황자였다면 황제는 막내를 차기 황제로 추대했을지도 몰랐다.

'황태자가 못 되어서 막산 건가?'

그것도 아닌 듯싶었다.

저런 강함으로 막살았다면 대륙은 재앙을 맞이해야 했을 테니까.

연신 두 눈을 이리저리 움직이며 답답한 수수께끼를 풀려고 애쓰는 레이어를 발견한 영웅이 피식 웃으며 말했다.

"내가 기억을 잃어서 말이야. 그러니까 내가 삼 황자라 이거지? 니에 대한 평판은 어떻지?"

영웅의 질문에 레이어가 침을 꿀꺽 삼키며 긴장하기 시작했다.

이것을 사실대로 말해야 하나 말아야 하나 심각하게 고민을 하는 것이다.

"사실대로 말해, 사실대로. 나중에 조사해서 조금이라도 틀린 내용이 있으면 알아서 해라."

영웅은 레이어를 바라보며 말하지 않았다.

자쿠와 아크라를 바라보며 말할 뿐이었고 그에 대한 반응은 즉각적이었다.

─거짓은 나쁜 것이다. 진실만을 이야기해라. 그러지 않으면 네놈의 영혼을 분리해서 영원히 고통받게 해 줄 테니까.

신관도 아닌 마족이 거짓말은 나쁜 것이라며 자신에게 심령으로 협박하고 있었다.

레이어는 울고 싶었다.

하지만 어쩌겠는가.

이래도 죽고 저래도 죽을 것이면 그나마 살 가능성이 있는 쪽을 택하기로 마음먹었다.

레이어의 입에서는 제국의 삼 황자에 대한 이야기가 줄줄이 흘러나오기 시작했고, 그 이야기를 듣고 있던 자쿠와 아크라의 표정은 점점 사색으로 변해 갔다.

아더의 표정은 당장이라도 레이어를 찢어 죽일 것 같은 험상궂은 모습이었다.

하지만 정작 당사자인 영웅은 무덤덤한 표정으로 그것을 들으며 생각에 잠겼다.

'어째 가는 평행세상마다 존재하는 나는 정말로 형편없는

놈들만 있는 거지?'

도무지 이해되질 않았다.

두 번까지는 우연이라고 칠 수 있다지만 세 번째도 이렇게 형편없다는 것은 우연이라고 생각하기 어려웠다.

'뭐지? 왜 가는 곳마다 나는 이렇게 형편없는 놈인 거야?'

왠지 짜증이 나는 영웅이었다.

처음 무림에서는 무능 공자라 불렸고, 그다음 조선 시대에서 역시 아무것도 모르는 명청함의 대명사였다.

이번에는 망나니에다가 명청하기까지 했다.

가는 곳마다 저런 취급을 받으니 영웅으로서는 정말로 짜증 나는 상황이었다.

영웅은 심각한 표정으로 한참을 생각하다가 이내 고개를 절레절레 흔들고는 상념을 떨쳐 버렸다.

그런 복잡한 이유까지 생각해서 머리를 아프게 하고 싶진 않았다.

그저 이곳에서도 다른 웜홀에서 그랬던 것처럼 즐기다가 사람들을 찾아 돌아가면 그만이었다.

'차라리 잘됐지. 황태자가 아닌 것이 어디야. 내놓은 자식이니 내가 밖에서 뭘 하든 신경도 안 쓸 테고.'

긍정적으로 생각하기로 마음먹었다.

부정적인 생각을 한다고 상황이 좋아지는 것도 아니고 기분만 나쁠 뿐이다.

한편, 영웅의 일거수일투족을 지켜보던 이들은 심각했던 영웅의 표정이 풀어지자 다들 안도의 한숨을 내쉬었다.

무엇 때문에 심각했는지 궁금했지만 다들 물어볼 엄두를 내지 못하고 있었다.

그때 아더가 나서서 이들의 궁금증을 풀어 주었다.

"주인, 무슨 안 좋은 일이라도? 표정이 엄청 심각하셨습니다."

아더 역시 심각한 표정으로 물어 오자 영웅은 별거 아니라는 말투로 대답해 주었다.

"아냐, 뭔가 좀 걸리는 것이 있어서 말이지. 그냥 맘 편하게 살기로 했어."

"잘하셨습니다. 주인을 건드리는 겁 없는 종자는 이 아더가 나서서 가루로 만들어 버리겠습니다!"

주먹을 불끈 쥐며 자신의 뒤에 있는 두 마족과 흑마법사를 노려보며 다짐하는 아더. 그런 아더의 모습에 세 명은 몸을 바들바들 떨었다.

2장

영웅은 살짝 분노한 듯한 아더의 어깨를 토닥이며 진정시키고는 다시 레이어에게 질문했다.

"그럼 내가 여기에 왜 왔는지, 무엇 때문에 왔는지 짐작가는 것이 있을까?"

영웅의 질문에 레이어가 곧바로 자신이 아는 모든 것을 이야기했다.

"제, 제국의 삼 황자는 하, 한 가지 망상에 빠져 살고 있다는 소문이 있었습니다. 그, 그 망상이라는 것이 바로 숨겨진 고대 던전을 찾아 기연을 얻는 것이지요. 그 기연을 찾는 이유는 자신이 무시를 받는 이유가 힘이 없기 때문이라고 생각해서입니다."

"그걸 왜 이리 잘 알아? 그런 망나니 황자라면 제국에서도 외부에 알려지지 않게 정보를 막을 텐데."

"그, 그것이……. 카, 칼빈 제국의 동태를 살피기 위해 한동안 칼빈 제국의 황궁에 잠입해서 활동한 적이 있습니다. 그때 알게 된 사실들입니다. 오래 전 일이라 떠올리는 데 시간이 걸렸지만……."

"잠입을?"

"그, 그렇습니다. 마, 마왕군에게 각 제국의 전력과 현 상황을 상세히 알리는 것 역시 저의 소임 중 하나입니다."

이곳 인간계에서 마왕군이 가장 경계하고 까다롭게 생각하는 것이 바로 각 대륙에 존재하는 거대 제국들이었다.

각 제국에는 출중한 군사력뿐만 아니라 인간의 힘을 넘어선 초인들도 수두룩했기에, 마왕군에게도 쉽지 않은 상대들이었다.

언제나 인간계 정복에 실패하는 가장 큰 이유도 이 제국에서 나오는 영웅으로 인해서였기에 이렇게 철저하게 대비하는 것이다.

그 덕에 영웅은 자신에 대한 정보를 상세히 알 수 있었다.

"흠, 그럼 나는 황궁에서 지내나?"

영웅의 말에 레이어가 고개를 저으며 말했다.

"아, 아닙니다. 황궁에서 쫓겨나신 지 꽤 되었습니다. 현재는 벨리 마운틴 근처의 영지에서 지내고 있는 것으로 알고 있습니다."

"영지?"

"네, 변방에 있는 영지인데 척박하고 사람이 살지 않는 오지입니다. 말이 좋아 영지지 사실상 자식을 버린 것으로 생각하고 있습니다."

레이어의 말에 영웅이 턱을 긁적이며 다시 생각에 잠겼다가 미소를 지으며 입을 열었다.

"오히려 더 잘된 것일지도 모르지. 혼자 있다면 남의 눈치 볼 필요 없이 자유롭게 돌아다닐 수 있다는 뜻이잖아. 그렇지?"

"그, 그렇습니다."

"좋네, 앞으로 잘 부탁해."

"네! 알겠습⋯⋯. 네?"

무의식적으로 대답을 하다가 무언가 이상함을 깨닫고 고개를 들어 영웅에게 되묻는 레이어였다.

"세상에 대해 잘 안다며. 네가 안내를 해 줘야지."

"제, 제가요?"

"왜? 싫어?"

레이어의 동공이 세차게 흔들리며 대답을 못 하자 영웅의 표정이 변했다.

"싫구나? 그럼 어쩌지? 내가 이런 상태라는 것을 다른 이들에게 알리고 싶지 않은데?"

그 말이 끝남과 동시에 영웅의 몸에서 엄청난 살기가 사방으로 퍼져 나갔다.

후웅―!

형상화된 거대한 살기는 돌풍처럼 그곳에 있는 모든 이들을 덮쳤다.

마계에서 어깨에 힘 좀 주고 다닌다는 상급 마족이 피를 토하며 바닥에 쓰러졌고 레이어는 영혼이 새하얗게 탈색되는 기분을 느끼며 정신이 나가기 일보 직전이었다.

아더에게는 살기를 뿌리지 않았기에 별 이상이 없었지만, 그도 매우 놀라고 있었다.

'마, 맙소사. 살기를 형상화시키다니…….'

듣도 보도 못한 광경이었다.

그렇게 잠시 동안 자신의 살기를 뿌리던 영웅이 살기를 거두고 미소를 지으며 말했다.

"다시 한번만 더 물어볼게. 정말로 싫어?"

영웅의 질문에 레이어는 저 멀리 나갔던 정신을 강제로 끌어온 뒤에 재빨리 대답했다.

"아, 아닙니다! 모시게 해 주신다면 가문의 영광으로 알고 대대손손 충성을 다하겠습니다!"

영웅이 자신에게 마지막 기회를 준 것을 깨달은 레이어는 정말로 혼신의 힘을 다해 대답했다.

그런 대답이 만족스러웠는지 영웅이 활짝 웃으며 레이어

의 어깨를 두드리며 말했다.

"앞으로 잘 부탁해. 호칭은……. 그래, 집사가 좋겠다! 잘 부탁해."

"아, 알겠습니다. 지, 집사 레이어, 주인님께 충성을 맹세합니다."

레이어의 대답을 듣고 만족한 영웅은 그 옆에 쓰러져 있는 두 마족에게도 똑같이 말했다.

"앞으로 잘 부탁해. 호위 무사님들."

영웅의 말에 두 마족 역시 온 힘을 기울여 대답했다.

"무, 물론입니다! 주, 주군의 곁에 그 어떤 놈도 접근하지 못하게 철통 경계를 하겠습니다!"

새로운 인연들과 함께 이곳 세상에서의 일과를 시작하는 영웅이었다.

벨리 마운틴.

일명 죽음의 골짜기라 불리는 장소다.

언제 어디서 나타날지 알 수 없는 몬스터들과 척박한 토지는 이곳에 그 어떤 인간도 접근하지 못하게 만들었다.

아이러니한 것은 벨리 마운틴은 한때 대륙에서 가장 살기 좋은 곳이었다는 사실이다.

그러던 곳이 어느 날 나타난 대규모의 몬스터 습격으로 순식간에 초토화돼 버렸고, 그 몬스터들이 죽어 가며 뿌린 피와 시체들이 이곳을 죽음의 땅으로 만들어 버렸다.

몬스터들의 공격은 간신히 막아 내며 승리했지만 결국 점점 메말라 가는 대지 때문에 사람들은 이곳을 떠나야 했다.

그 후로 쭉 버려져 있다가 이번에 망나니 삼 황자를 이곳으로 보내 버린 것이다.

"흠, 그래도 아주 버린 것은 아닌가 본데?"

영웅이 성을 둘러보며 말하자, 아더가 고개를 끄덕이며 대답했다.

"그런 것 같습니다. 제법 강한 놈들로 성 주변에 배치해 두었군요."

영웅과 아더가 말하는 것은 바로 벨리 마운틴 성 주변에 매복해 있는 사람들이었다.

황제는 아들이 이곳에서 정신을 차리길 바라며 보낸 것이지 죽으라고 보낸 것 같진 않았다.

매복해 있는 자들은 뒤에 있는 자쿠와 아크라, 그리고 레이어에게도 느껴지고 있었다.

"저 정도면 정말로 수준급 무사들입니다. 어지간한 공격으로는 저 성을 넘지 못할 것으로 보입니다."

"그런데 왜 내가 던전으로 갈 때는 따라나서지 않았을까?"

영웅은 그것이 궁금했다.

저들은 왜 던전으로 향하는 자신을 따르지 않았을까.

황제가 자신을 지키라고 했다면 뒤따라와서 지켜야 하는 것이 맞지 않을까?

영웅의 물음에 아더가 두 마족을 바라보며 말했다.

"뭐 해? 주인께서 궁금하시다잖아. 어서 가서 알아봐."

"네? 뭐, 뭐를요?"

"주인이 혼자 던전 갈 때 왜 안 따라나섰냐고 물어보라고! 두 번 말하게 할래?"

레드 드래곤 아더.

두 마족은 이곳까지 오는 길에 아더에게 죽기 일보 직전까지 맞은 적이 있다.

안 그래도 마족에게 안 좋은 감정이 많은 아더인데 그런 아더의 심기를 불편하게 만들었고, 영웅은 이들이 서열을 확실하게 정리하라고 그냥 두었다.

두 마족은 힘을 합세해서 아더에게 필사적으로 덤볐다.

제아무리 드래곤이지만 상급 마족 둘을 상대로는 쉽지 않을 것이라는 판단이었다.

하지만 그것은 큰 오판이었다.

아더는 영웅에게 체계적인 훈련, 아니 지옥 같은 훈련을 받고 그것을 견뎌 내어 과거보다 배는 더 강해져 있는 상태였다.

그 전에도 드래곤 중에서 강한 측에 속하던 아더였는데,

두 배가 더 강해진 지금은 드래곤 종족 전체가 다 덤벼야 상대할 수 있을 정도였다.

대마왕이 와도 고전할 판에 상급 마족이 상대가 될 리가 없었다.

당연히 일방적으로 얻어터졌고 자연스럽게 서열이 정리되었다.

그 후로 아더의 말이라면 군말 없이 따르는 둘이었다.

아더의 명에 숨어 있는 무인들을 향해 몸을 날리는 자쿠와 아크라였다.

시간이 얼마나 흘렀을까?

저 멀리서 폭음이 들려왔다.

콰콰쾅-!

쩌정-!

우르르릉-!

사방에서 폭발이 일어나고 땅이 파이고 흔들렸다.

자쿠와 아크라와 칼빈 제국의 무인들이 제대로 맞붙은 것이다.

그 모습을 보던 아더는 고개를 흔들며 중얼거렸다.

"저걸 하나 제압을 못 해서 이 난리를 피우네."

아더의 말에 레이어는 긴장한 얼굴로 두 마족의 전투를 바라보다가 그들과 싸우는 칼빈 제국 무인들의 갑옷에 있는 문양을 보고 경악했다.

"헉! 저, 저것은!"

옆에서 갑자기 놀란 표정을 지으며 손가락으로 칼빈 제국의 무인들을 가리키자 아더가 물었다.

"뭐야? 아는 애들이야?"

"저, 저자들은 칼빈 제국의 철사자단입니다!"

"그게 뭔데? 기사들인가?"

"그, 그렇습니다. 칼빈 제국에서 가장 강한 기사단이고 저들은 황가를 수호하는 검으로 더 유명합니다! 그, 그런데 그런 자들이 왜 이곳에?"

레이어의 말에 영웅이 반응을 보였다.

"오! 그 정도야? 엄청난 애들을 붙여 주었네?"

"어, 엄청난 정도가 아닙니다. 저들은 오로지 황제의 명만 듣는 자들이고 그들의 전력은 저 두 마족이 쉽게 상대할 수 있는 전력이 아닙니다. 상대가 철사자단이라면 지금 저 두 분이 저리 고전하는 것이 당연합니다."

레이어의 말대로 자쿠와 아크라는 네 명의 기사들을 상대로 고전하고 있었다.

그나마 상급 마족이니 저 정도로 싸우는 것이지 그 밑의 마족이었다면 산산조각이 나서 분해되었을 것이다.

심지어 밀리는 모양새까지 나오자 영웅이 아더에게 명령을 내렸다.

"아더, 가서 정리하고 저 넷 잡아 와."

"알겠습니다!"

영웅의 명에 아더가 재빨리 몸을 날려 전투 현장으로 난입했다.

갑작스러운 아더의 난입에 한창 불타오르던 전투가 일시 정지되었다.

"또 다른 놈이 있었군."

"가뜩이나 병신 같은 황자를 지키라는 명에 지루하던 참이었는데 잘됐지. 운동도 되고."

"크하하하! 맞는 말이야. 안 그래도 이렇게 빈둥거리다가 몸이 썩으면 어쩌나 걱정하고 있었는데 말이지."

철사자단이라 불리는 네 사람은 아더를 보고도 크게 긴장하는 모습을 보이지 않았다.

새로이 난입한 아더 역시 자신들이 상대하던 자쿠와 아크라 정도의 무력이라 생각하는 것 같았다.

자신을 무시하며 비웃는 이들을 바라보며 아더가 두 마족에게 말했다.

"한심한 놈들. 물러나라, 여긴 내가 정리하지."

아더의 말에 두 마족은 고개를 푹 숙이고는 뒤로 물러섰다.

그 모습에 마구 웃고 있던 철사자단의 네 사람은 웃음을 멈추고 의외라는 표정으로 그것을 바라보았다.

"호오, 저 두 사람도 제법 강했는데 저자의 한마디에 군말 없이 물러나는군. 정말로 강하다는 소리야."

"기대되는걸?"

강자가 나타났음에도 두 눈을 반짝이며 기대하는 모습을 보니 정말로 무인들이 맞았다.

한편, 영웅이 있는 곳까지 물러난 두 마족은 영웅을 보자마자 변명을 하기 바빴다.

"주, 주군. 이, 인간형으로 변한 상태여서 제힘을 내지 못한 것입니다. 저, 정말입니다."

"마, 맞습니다. 저희 본모습으로 전투를 했다면 저놈들은 순식간에 끝났을 겁니다! 믿어 주십시오!"

자쿠와 아크라가 억울함 가득한 얼굴로 영웅에게 하소연을 했다.

이들의 말이 틀린 것은 아니었다.

지금 이 둘은 마족의 특징을 없애고 완벽하게 인간처럼 보이도록 모습을 변화한 상태였다.

그 상태를 유지하기 위해 힘을 주기적으로 사용하고 있었기에 본래의 힘을 쓰지 못한다는 것.

하지만 그것을 이해해 줄 영웅이 아니었다.

"그걸 약하다고 하는 거다."

영웅의 단호한 말에 두 마족은 할 말을 잃고 고개를 숙였다.

그들의 표정에서는 분함이 엿보였다.

"내가 강하게 만들어 주지."

분해하는 둘에게 영웅이 하얀 이를 드러내며 그들에게 말했다.

영웅의 입에서 강하게 만들어 주겠다는 말이 나오자 아크라와 자쿠의 표정은 몽롱하게 변했다.

왜인지 영웅의 등 뒤에서 환한 빛이 그를 밝혀 주는 기분이 들었다.

"뭐야, 그 표정은? 즐겁지만은 않을 텐데? 물론, 나에게는 즐거운 시간이겠지만……."

몽롱함이 섬뜩함으로 바뀌는 것은 순식간이었다.

영웅의 환한 미소가 섬뜩한 미소로 보이는 것도 순식간이었다.

"거절은 거절한다. 나는 억지로라도 강하게 만들 테니까."

괜찮다고 하려던 두 마족은 영웅의 강경한 모습에 모든 것을 포기하고 고개를 숙였다.

한편, 철사자단과 마주한 아더는 자신을 포위한 네 사람을 하나하나 둘러보며 한 자씩 또박또박 알아듣게 말했다.

"지금이라도 무릎을 꿇고 순순히 따른다면 더는 건들지 않겠다."

아더가 비장한 말에 네 명의 철사자단은 잠시 멍하니 서 있다가 피식 웃으며 담담하게 입을 열었다.

"크크, 우리를 무릎 꿇게 하고 싶다면 이겨라. 우리는 절대로 자의로 무릎을 꿇지 않는다."

"그 말이 맞지. 황제 앞이라도 우리는 무릎을 꿇지 않지. 죽기 직전이 아니면 절대로 꿇지 않는다."

결연한 표정으로 아더를 바라보는 네 사람이었다.

하는 행동을 보니 자존심이 강한 자들 같았다.

그중에 한 명이 선두로 나서서 아더에게 궁금한 점을 물었다.

"싸울 때 싸우더라도 이유는 알고 싸워야겠지. 도대체 너희들 정체가 뭐냐? 이 척박하고 버림받은 땅을 점령하러 온 것 같지는 않고……. 복장을 보니 단순한 여행객도 아닌 듯한데……. 우리의 정체를 알고 온 것인가?"

남자의 물음에 아더가 고개를 끄덕이며 말했다.

"칼빈 제국의 철사자단 아닌가?"

아더의 말에 철사자단 전부가 인상을 굳히며 그에게 집중하기 시작했다.

자신들의 정체를 정확하게 파악하고 있었다.

이들이 이곳에 있는 것은 제국 내에서도 극비에 속하는 기밀이었고, 당연히 그들의 움직임 역시 극비 중의 극비로 취급되는 중대한 기밀이었다.

그런데 지금 저들은 자신들의 정체를 정확하게 파악한 것도 모자라, 자신들이 철사자단이라는 것을 알고도 공격을 한 것이다.

"우리가 목적이었다는 얘기군. 하긴, 그런 이유가 아니고서야 이곳까지 사람이 찾아올 리가 없지. 그나저나 여기에 온 것은 제국 내에서도 아는 자가 많지 않은데……. 그건 네놈을 제압하고 천천히 알아보기로 하지."

선두에 있던 남자가 아더와 대화를 하면서 바닥에 꽂아 두었던 검을 다시 뽑아 들었다. 그러고는 전투 자세를 취하고 아더를 향해 돌진하려 했다.

"잠깐, 나도 궁금한 것이 있어서 말이지."

전투를 막 시작하려는 그 순간 어디선가 들려오는 목소리에 철사자단은 멈칫하고 목소리가 들려오는 방향으로 고개를 돌렸다.

그러자 어디서 많이 본 얼굴이 뒷짐을 진 채 자신들을 향해 느긋하게 걸어오고 있었다.

"삼…… 황자?"

부단주가 고개를 갸웃거리며 꺼낸 첫마디였다.

그의 목소리에는 의아함이 섞여 있었다.

"어찌 밖에 있는 것이오?"

부단주의 음성에는 의문이 가득했다.

"분명히 성을 철통같이 주시하고 있었는데? 어째서 성안이 아닌 바깥에서 모습을 드러내는 것이오?"

그 말에 영웅 역시 고개를 갸웃거리며 물었다.

"성안? 그럼 내가 나가는 것을 아무도 못 봤단 말이야?"

"봤으면 이리 묻지 않겠지요. 분명히 황제 폐하께서 성 밖으로는 한 걸음도 나가지 말라고 엄명을 내리셨는데 어찌 폐하의 명을 거역하신 것이오!"

이들의 반응을 보니 정말로 삼 황자가 밖으로 나가는 것을 눈치채지 못한 것으로 보였다.

"말해 보시오! 무슨 수로 우리의 감시를 피해 나간 것인지 하나도 빠짐없이 설명하셔야 할 것이오. 설마…… 이들과?"

부단주가 아더와 영웅을 번갈아 바라보며 혼자만의 상상 속에 빠져들고 있었다.

"이들이 황자를 뙨 것이오? 그대를 탈출시켜 주겠다고? 아니면 황자가 이들을 불러들인 것이오? 말해 보시오!"

부단장은 아더를 연신 경계하며 영웅에게 질문의 답을 재촉하고 있었고, 나머지 철사자단 역시 아더를 주시하고 있었다.

그가 움직이는 순간 언제든지 공격을 할 수 있도록 자세를 취한 뒤 일제히 기운을 내보내 아더를 압박하고 있었다.

하지만 정작 압박을 받는 아더는 아무렇지 않은 표정으로 얌전히 서 있었다.

영웅은 부단장의 물음에 답해 주었다.

"일단은 내가 어찌 나갔는지 너희도 모른다는 것이지? 이건 좀 곤란하네. 사실 나도 기억이 전혀 없거든. 과거에 대한 기억이 조금도 남아 있지 않아."

생각도 안 했던 답변이어서 그런지 부단장의 표정에 살짝 당황한 기운이 엿보이고 있었다.

하지만 이내 표정을 고치고는 말했다.

"그게 말이 된다고 생각하시오? 갑자기 나타나서는 기억이 나질 않는다? 그것이 변명이 된다고 생각하시는 겁니까? 우리를 얼마나 우습게 보았으면 그런 말도 안 되는 변명으로 넘어가시려 하는 겁니까?"

부단장은 영웅이 자신들을 놀리고 있다고 생각했다. 그가 평소에 하던 행실을 생각한다면 지금 이 반응은 정상이었다.

"정말인데. 내가 누군지 전혀 기억이 안 난다니까? 저 사람들한테 물어봐. 진짜야."

"흥! 역시 저자들과는 한패였군요. 죄송한 이야기지만 저 성에는 오직 삼 황자만 들어가실 수 있습니다. 그것이 저희에게 내려진 황제 폐하의 명이니까요."

"뭐, 믿을 거라 생각은 안 했어. 하지만 저들과 같이 성에는 들어가겠어."

"안 된다고 말씀드렸습니다."

부단장의 말에 영웅이 씩 웃으며 말했다.

"나는 부탁을 하는 것이 아닌데?"

나직하게 한마디 했을 뿐인데 부단장이 느낀 것은 달랐다.

지금까지 한 번도 경험해 보지 못했던 섬뜩함을 느낀 그였다.

왠지 거부해서는 안 될 것 같은 그런 기분.

'뭐지? 느낌이 달라졌는데? 내가 아는 삼 황자가 아니다.'

부단장은 영웅의 이곳저곳을 자세히 살피기 시작했다.

'이상하군. 겉모습은 내가 아는 삼 황자가 맞는데? 뭐지? 이 이질감은?'

주춤한 모습으로 당황스러운 표정을 하는 부단장의 귀에 다시 영웅의 목소리가 들려왔다.

"혼란스러운가 보지? 본인이 알던 내 모습이 아니라서? 너희들이 뭐라고 하든지 나는 이들과 함께 성으로 들어갈 것이다."

그렇게 말하고는 자신들이 아닌 성을 바라보며 그곳으로 천천히 발걸음을 옮기는 영웅이었다.

"멈추시오!"

부단장이 영웅을 막기 위해 움직이려는 그때, 온몸을 찌릿하게 만드는 엄청난 기운이 부단장을 포함해 그곳에 있는 철사자단을 덮쳤다.

"크윽! 이, 이게 무슨?"

"어, 엄청난 기운이다!"

"누, 누구냐!"

다들 이 엄청난 기운의 정체를 찾기 위해 사방을 둘러보았다. 곧 그들의 눈에 눈이 빨갛게 변한 채 옷을 하늘 위로 펄럭이고 있는 아더가 들어왔다.

자신들을 압박하고 있는 이 엄청난 기운을 발산하는 자는 바로 아더였다.

"감히 누구를 막는 것이냐."

아더의 목소리에는 분노가 섞여 있었다.

그런 아더와 철사자단을 뒤로하고 영웅은 천천히 성을 향해 걸어갔고 그를 따라 다른 이들 역시 움직이고 있었다.

그 모습에 부단장이 다급하게 외쳤다.

"멈추시오! 지금 그대가 하는 행동은 황제의 명을 정면으로 거역하는 행동이오! 이것이 얼마나 큰일인지 모르는 것이오?"

그 말에 영웅이 걸음을 멈추고 부단장을 바라보았다.

"그 이야기를 하려면 내가 성 밖으로 빠져나갔다는 사실도 같이 말해야 할 텐데? 그럼 너희도 죽어. 그래도 괜찮은 거야?"

영웅의 말에 부단장의 입이 닫혔다.

그것까진 생각을 못 한 것이다.

"내가 아무도 모르게 빠져나갔다고 해도 너희 같은 능력자들이 발견을 못 했다는 것은 말이 안 되지. 감시를 게을리했거나 아니면 감시 자체를 안 했거나. 뭐가 되었든 명을 제대로 수행하지 못한 것은 너희도 마찬가지니 보고를 하면 곤란하겠지."

영웅의 말에 부단장은 입술을 깨물었다.

아무리 생각해도 이상했다.

저 말투부터가 자신들이 아는 삼 황자가 아니었다.

거기에 자신들이 생각하지도 못했던 부분까지 조목조목 반박하고 있었다.

"너희가 지금 이러는 것은 머저리 같았던 나에게 굴복하는 기분이 들어서겠지. 이해해. 자신들보다 못한 이에게 고개를 숙이는 것만큼 짜증 나는 일은 없을 테니. 아직 나에 대해 확실하게 모르니 이번은 용서하지."

그리 말하고는 다시 등을 돌려 성을 향해 걸어가는 영웅이었다.

부단장은 있는 힘껏 일어나 자신들을 압박하는 아더를 공격했다.

"으드득! 우리는! 철사자단이다!"

부단장의 검에서 거대한 오라가 일어나더니 이내 아더를 향해 휘둘러졌다.

그 모습에 아더가 피식 웃으며 말했다.

"제법이군. 오라 마스터는 진즉에 능가했어. 제국에서 가장 강한 기사단이 맞나 보군."

쩡-!

아더가 펼친 배리어에 오라가 가볍게 막히자, 부단장은 이를 악물었다.

역시 예상대로 보통 인간이 아니었다.

그래도 이 정도로 강할 줄은 예상하지 못했다.

세상에 전혀 알려지지 않은 강자 중에 초강자였다.

"그 정도 힘을 가졌으면서 어찌 저런 망나니를 따르는 것이오? 삼 황자를 따라 나라를 뒤엎기라도 할 생각이시오?"

부단장은 자신의 검을 있는 힘껏 움켜쥐고는 아더에게 말했다.

그 말에 아더가 웃으며 말했다.

"나는 주인의 종이다. 주인께서 나라를 세우신다면 그에 따를 것이고 주인께서 이 제국을 원하신다고 하면 그 역시 군말 없이 따라 힘을 보탤 것이다. 주인은 나의 유일한 하늘이고 주인의 말은 나에게는 신의 계시와 다름없다."

아더의 말에 부단장은 놀란 표정을 지었다.

지금 아더의 표정은 진심이었다.

진심으로 삼 황자를 따르고 있는 것이었다.

'이, 이게 도대체 무슨 상황이지?'

망나니 삼 황자를 꾀어낸 것이 아니고 진심으로 따르는 절대적인 강자라니.

아무리 머리를 굴려도 지금 상황을 이해할 수가 없었다.

부단장은 믿을 수 없는 눈으로 이미 성문 앞까지 간 영웅을 바라보았다.

성문 앞에 멈춰선 영웅이 아더를 바라보며 한 말은 대치 중인 철사자단에게도 들렸다.

"같은 식구가 될 거니까 살살 다루고 서열 정리 알아서 잘해서 데리고 들어와."

그 말과 함께 성문을 열고 태연하게 안으로 들어가는 영웅이었다.

"크큭! 들었지? 이제부터 너희의 상관은 나다."

아더의 말에 철사자단원들이 일제히 고개를 저으며 정신을 차리고 자신들이 가진 모든 힘을 발산하기 시작했다.

"닥쳐라! 네놈의 밑으로 들어갈 것 같으냐!"

"드래곤이 아니고서야 우리 넷을 우습게 보면 큰코다칠 것이다!"

드래곤은 이곳 사람들에게는 반신이고 받들어 모셔야 할 존재였다.

아무리 강한 제국이라고 해도 드래곤은 절대로 공격을 해선 안 되는 존재였다.

인간에게 드래곤이 당하면 이 세상에 존재하는 모든 드래곤들이 총연합을 해서 그 나라를 멸망시켜 버릴 테니까.

그것은 정말로 재앙이었다.

인간들에게 드래곤은 공포이자 절대로 건드려서는 안 되는 존재였다.

그렇기에 눈앞의 상대에 대한 압박을 이기기 위해서 자신들이 생각할 수 있는 최악의 존재를 상상하며 기합을 넣은 것인데 그것이 실수였다.

"크크크, 이걸 어쩌나? 나는 드래곤이 맞는데?"

드래곤이 아니고서는 자신들을 상대할 수 없다는 말에 아더가 재밌다는 표정으로 웃으며 말했고, 그런 아더의 말에 기합을 넣으며 의지를 다지던 넷은 순식간에 벙찐 얼굴로 아더를 바라보았다.

"마, 말도 안 되는 농담을 하다니! 드래곤을 사칭하는 것이 얼마나 위험한 일인지 아느냐!"

"알지. 내가 드래곤이니까 아주 잘 알지. 드래곤을 사칭하는 인간은 끝까지 쫓아가서 드래곤족의 명예를 더럽힌 죄를 물어야 하니까."

쩌적-!

아더의 옷이 조금씩 찢어지기 시작했다.

"하지만 말이야. 나는 상관이 없다고."

쩌저적-!

순식간에 아더의 옷이 산산조각 나면서 이내 거대한 몸이 드러났다.

인간의 모습으로도 철사자단을 가볍게 상대할 수 있었지만, 지금은 이들에게 시각적으로도 압도적인 모습을 보여야 했다.

크기가 순식간에 거대해져 마치 작은 산 하나가 눈앞에 나타난 것 같았다.

이내 아더의 몸에서 드래곤 피어가 방출되기 시작하였고,

그것을 온몸으로 맞은 철사자단은 고통스러운 표정을 지으며 바닥에 주저앉아 괴로워하기 시작했다.

그나마 강한 부단장만이 남아서 오기로 버티고 있을 뿐이었다.

하지만 부단장 역시 제정신이 아니었다.

사실 전설이라 믿었다.

그저 떠들기 좋아하는 사람들이 만든 가공의 생물이라 생각했다.

하지만 아니었다. 드래곤은 정말로 세상에 존재했고, 그 힘은 전설처럼 정말 강했으며, 자신이 상상했던 정도를 아득히 넘어서고 있었다.

하지만 부단장이 모르고 있는 사실이 있었다.

아더는 이곳에 정말로 존재하는 다른 드래곤과는 차원이 다른 강함을 가진 드래곤이라는 것을 말이다.

드래곤 피어 때문에 몸을 움직일 수 없는 철사자단의 부단장은 그저 벌벌 떠는 것 외에 할 수 있는 게 없었다.

그런 철사자단을 바라보던 아더는 포효를 했다.

"크아아아아앙!"

그 소리에 아직 바닥에 주저앉아 고통스러워하던 기사들이 오줌을 지리며 공포에 떨었다.

극한의 공포에 비명조차 나오지 않았다.

실제로 만난 드래곤은 자신들이 상대할 수 있는 존재가 아니었다.

부단장 역시 연신 이를 부딪치며 절망에 빠진 표정으로 아더를 바라보고 있었다.

아더는 크게 인심을 쓰는 듯한 말투로 공포에 떠는 철사자단을 바라보며 말했다.

"크크크, 드래곤의 힘이 어떤 것인지 살짝 맛만 보여 주도록 하지. 영광으로 알아라, 인간들아."

말이 끝남과 동시에 아더의 입에 거대한 기운이 모이기 시작했다.

전설이나 책에서만 보고 듣던 드래곤 브레스였다.

드래곤 입장에서나 맛보기지 자신들에게는 막을 수조차 없는 재앙이었다.

이제 정말로 끝이라고 생각한 사람들은 절망 속에서 눈을 질끈 감았다.

그런데 그들의 귀에 희망의 소리가 들렸다.

"그만."

어디서 많이 들어 보았던 목소리가 아더를 막아서며 나섰다.

다들 실눈을 뜨고 앞을 보니 삼 황자가 겁대가리 없이 드래곤 앞에 뒷짐을 진 채로 그를 막아서고 있는 것이었다.

그들은 다시 눈을 감았다.

삼 황자의 건방진 행동에 더욱더 분노한 드래곤의 브레스가 날아오리라 생각했다.

하지만 아무리 기다려도 브레스는 날아오지 않았다.

다시 눈을 뜨자 믿지 못할 광경이 펼쳐지고 있었다.

아더는 어느새 인간으로 변해 있었다.

그런데 하는 행동이 이상했다.

삼 황자 앞에서 연신 굽신거리고 있는 것이 아닌가.

마법의 조종이라 불리고 만물의 정점에 있다는 존재가 드래곤이었다.

그런 존재가 한낱 미천한 인간에게 고개를 조아리고 있었다. 그 대화 내용도 기가 막혔다.

"주인, 왜 막으시는 겁니까?"

천하의 드래곤이 삼 황자에게 주인이라는 단어를 사용하고 있었다.

'미친! 그, 그게 정말이었어? 농담이 아니고? 정말로 삼 황자가 주인이라고?'

'세상에……. 저, 전설의 드래곤에게 주인이 있고 그 주인이 천하의 망나니 중에서 망나니인 삼 황자라니……. 이제 대륙은 끝이다…….'

그게 사실이라면 삼 황자의 한마디에 세상에 지옥이 펼쳐질 수도 있다는 소리였다.

지금 삼 황자의 외출이 문제가 아니었다.

자신들도 모르는 사이에 세상에 엄청난 위기가 찾아온 것이다.

심지어 다른 제국들과 손을 잡고 합심을 해야 할 정도의 위기.

문제는 이것을 자신들이 살아서 보고를 할 수 있냐는 것이었다.

불가능하다고 생각했다.

드래곤을 수하로 부리는 망나니 삼 황자가 자신들을 살려 주겠는가.

아니다. 비밀을 유지하기 위해서라도 자신들을 죽이거나 회유하거나 할 것이다.

그런데 의외로 삼 황자의 목소리에서는 평소의 그 특유의 광기가 느껴지지 않았다.

"그거를 여기서 쏘려고? 가뜩이나 휑한데 더 휑하게 만들 일 있냐?"

"하지만 누군가를 확실하게 제압하려면 더 강한 힘을 보여 주어야 하는 것이 확실한 방법입니다."

아더의 말에 영웅이 피식 웃으며 자신을 바라보고 멍한 표정을 짓는 철사자단을 바라보았다.

"하긴 그렇군. 그래도 네 브레스는 너무 요란해."

그렇게 말하고는 손을 좌우로 휙 그었다.

영웅의 행동에 철사자단은 저게 뭘 하는 것인가 하고 고개를 갸웃거렸다.

이내 아더를 포함한 영웅의 뒤에 서 있던 사람들이 동시에 경악한 표정으로 한 곳을 바라보자, 다들 그들이 바라보는 방향으로 고개를 돌렸다.

"헉!"

"저, 저게 뭐야?"

그곳에는 성을 중심으로 둘러싸여 있던, 하늘을 찌를 듯한 높이의 산맥이 통째로 잘린 채 공중에 둥둥 떠 있었다.

철사자단은 설마 저 엄청난 일을 행한 것이 삼 황자일 거라고 생각하지 않았다.

하지만 영웅의 입에서 나온 말에 지금 저 말도 안 되는 광경을 만든 장본인이 그라는 것을 깨닫게 된다.

"아까부터 사방이 다 막혀 있어서 답답했거든. 저들에게 압도적인 힘이 무엇인지도 보여 주고 답답했던 경치도 바꾸고. 이런 걸 일거양득이라 하지."

말이 끝남과 동시에 손을 다시 오른쪽으로 살짝 옮기자 하늘을 뒤덮고 있는 산맥들이 일시에 영웅의 손을 따라 이동하기 시작했다.

그리고 한쪽에 이쁘게 다시 산들을 세팅해서 지형을 바꾸어 놓는 영웅이었다.

"저기에 호수가 있었구나?"

앞을 가로막고 있던 거대한 산맥이 사라지자 그 앞에 있던 거대한 호수가 눈에 들어왔다.

완벽한 배산임수의 지형으로 바꾸어 놓은 것이다.

이 엄청난 광경을 보고는 기절할 정도로 놀란 철사자단과 아크라와 자쿠, 그리고 레이어였다.

아크라와 자쿠, 레이어 역시 이 말도 안 되는 광경에 경악하고 있었다.

'저, 저런 건 대, 대마왕님도 못 한다.'

'미친, 저게 무슨 인간이야! 신이지!'

'시, 신이였나? 주, 주신께서 유희를 나오신 것이었나?'

이들과 마찬가지로 철사자단 역시 비슷한 생각을 하고 있었다.

'뭐, 뭐야! 저게 그 망나니 삼 황자라고?'

'맙소사! 서, 설마 신께서 유희의 몸으로 선택하신 것이 삼 황자였던가?'

'신께서 삼 황자의 몸에 강림하신 모양이구나. 어쩐지 그러면 성을 우리 모르게 빠져나간 것도, 우리에 대해 기억이 없다는 것도 모두 이해가 된다.'

이들은 신이 삼 황자의 몸에 빙의가 되었고 그래서 아무런 기억이 없다고 한 것으로 생각한 것이다.

그렇다면 드래곤이 저 사람을 따르는 것도 말이 되었다.

드래곤 역시 신의 충실한 종이니 주인이라 부르며 따르는 것이 당연하다.

그리 생각하니 이 말도 안 되는 모든 과정과 상황이 이해되었다.

이들은 서로를 바라보며 눈빛으로 무언가를 열심히 주고 받더니 떨리는 몸을 간신히 일으켜 영웅의 앞으로 천천히 걸어갔다.

그리고 그들은 경배하는 자세로 영웅에게 엎드리며 외쳤다.

"미천한 종들이 위대하신 주신님을 뵈옵니다!"

"응?"

자신의 상상과 전혀 다른 행동에 영웅은 당황했다.

"신이라니?"

영웅이 당황하며 아니라고 말하려 할 때 아더가 눈치 없이 웃으며 그들의 말에 대답했다.

"하하, 네놈들도 눈치를 챘구나! 그렇지! 우리 주인님은 신이시다!"

아더의 대답은 철사자단에게 확신을 심어 주었다.

'역시!'

'시, 신을 이렇게 직접 뵙게 되다니······.'

'아아······. 나의 주신이시여.'

이미 눈빛이 몽롱하게 변해 있는 철사자단을 보며 영웅은 자신이 변명을 해 봐야 먹히지 않겠다는 것을 깨달았다.

'하아······. 그래, 어차피 일일이 설명하기 귀찮았는데. 그래, 여기선 신이 돼 보는 것도 나쁘진 않겠지.'

이왕 이렇게 된 거, 신 행세를 해 보기로 마음을 먹은 영웅
이었다.

"내가 인간계에 온 것은 절대로 비밀이다. 알겠느냐?"

영웅의 입에서도 확답이 나오자 철사자단은 더욱더 고개
를 조아리며 우렁차게 대답했다.

"믿어 주십시오! 절대로 발설하지 않겠습니다!"

"좋다! 앞으로 잘 부탁한다는 의미로 너희에게는 축복을
내려 주지."

영웅은 리스토어를 개량한 특수한 기술로 엎드려 있는 이
들의 몸을 더욱더 좋게 다시 재구성해 주었다.

"아아아!"

"오오오!"

성스러운 빛이 이들의 몸을 감싸며 이들의 갑옷과 옷을 모
조리 태워 버리고 그들의 신체를 재구성하기 시작했다.

그 성스러운 빛에 마족인 아크라와 자쿠, 그리고 흑마법사
는 고통스러워했다.

하지만 내색하지 않았다.

눈앞의 남자는 신이었고 자신들은 그 신을 거역할 수 없었
으니까.

잠시 후, 공중에서 알몸으로 변한 철사자단이 땅으로 내려
왔고 이들은 일제히 눈을 떴다.

그리고 자신의 몸을 이리저리 둘러보고는 곧 환희에 빠

졌다.

그토록 오랫동안 노력해도 올라갈 수 없었던 경지를 넘어선 것이다.

기쁨을 뒤로한 채 이들은 재빨리 영웅의 앞으로 달려가 다시 경배하는 자세를 취하고 목청껏 외쳤다.

"미천한 종들이 신께 맹세하나이다! 그 어떤 역경과 고난이 오더라도 주신님만을 믿고 따르겠나이다! 이 한목숨 바쳐서 주신님을 따르겠나이다!"

이 세계에서 영웅을 따르는 광신도들의 탄생이었다.

영웅이 넘어온 이 세계에는 총 다섯 개의 대륙이 존재하고 있었다.

얼음으로 뒤덮인 한 곳을 제외하면 사람이 사는 곳은 네 곳이었다.

동 대륙, 서 대륙, 남 대륙, 그리고 중앙 대륙.

그중에 영웅 일행이 있는 벨리 마운틴은 바로 남 대륙이었다.

남 대륙에는 대륙 전체에 엄청난 영향력을 끼치고 있는 거대 제국이 존재했으니.

바로 칼빈 제국이었다.

칼빈 제국은 이 거대한 대륙에서 수백 년에 가까운 세월 동안 굳건하게 그 위치를 유지하고 있었고 모든 대륙 중에서 가장 살기 좋은 국가로 유명했다.

백성들 역시 제국에 대한 자부심이 강했고 황제에 대한 충성심도 강했다.

국가에 대한 애국심 역시 막강했기에 전쟁이 일어나서 제국에 위기가 찾아왔을 때 드러났던 그 힘은 상상을 초월할 정도로 강했다.

그 덕에 이 세상에 존재하는 제국 중에서 가장 강하다고 정평이 나 있었다.

그 칼빈 제국의 중심에 있는 거대한 황성.

그곳의 황태자실에서 황태자가 수하의 보고를 받고 있었다.

"보고가 끊겼다? 그게 무슨 말이냐?"

"말 그대로입니다. 벨리 마운틴에서 삼 황자를 감시하던 자들에게서 보고가 끊겼습니다."

"그들이 막내에게 붙은 확률은?"

"거의 없습니다. 철사자단은 황태자님의 말도 듣지 않는 자들이 아닙니까? 그런 자들이 황태자님도 아닌 연도 없는 삼 황자를 따를 일은 절대로 없을 겁니다."

"하긴, 그놈들도 머리가 있다면 그게 정답이겠지. 그렇다면 그곳에 뭔가 일이 일어났다는 소리인가?"

"그것을 모르겠습니다. 어찌할까요?"

칼빈 제국의 황태자 메스릭 디 알렉스.

그는 막내인 삼 황자 메스릭 디 보로스를 누구보다 아끼고 사랑했었다.

하지만 어느 순간부터인가 성격이 어긋나기 시작하더니 온갖 말썽이란 말썽은 다 부리고 다녔고, 정도가 점점 심해져 결국 황제의 분노를 사고 말았다.

분노한 황제는 제국의 땅끝에 있는 죽음의 땅인 벨리 마운틴에 삼 황자를 유배 보냈고 그를 철저히 감시하라며 철사자단과 병력을 그곳으로 보냈다.

철사자단을 보낸 것만 보아도 황제는 아직 막내를 포기하지 않았다는 뜻이었다.

황제는 제발 그곳에서 정신을 차리고 다시 예전의 순하던 막내로 돌아와 주길 바라고 있었고, 그 마음은 황태자 역시 같았다.

미우나 고우나 자신의 동생이 아니던가.

그런데 오늘 그 동생이 있는 곳에서 오던 보고들이 모조리 끊긴 것이다.

"막내에게 무슨 일이 생긴 것은 아니겠지?"

"화, 확실하지 않습니다. 정찰조를 보내서 상황을 알아보라고 할까요?"

수하의 말에 황태자가 고개를 끄덕이며 말했다.

"그래, 서둘러. 정말로 막내에게 문제가 생긴 것이라면 이건 급한 일이다. 아니, 그러지 말고 란티드 후작을 불러."

"알겠습니다."

서둘러 나가는 수하를 바라보며 황태자는 걱정 가득한 얼굴로 자신의 방 안을 서성거렸다.

"제발 별일이 없어야 할 텐데."

아버지가 막내를 그곳으로 보낼 때 좀 더 적극적으로 말렸어야 했다고 생각하며 후회하는 황태자였다.

벨리 마운틴의 한 장소에서 영웅이 아더와 함께 마법 수련을 하고 있었다.

"헬파이어."

쯔우우우웅—!

영웅의 손에 새하얀 광구가 맺히기 시작했다.

광구에선 엄청난 열기가 흘러나왔고 그 방대한 기운은 마법을 알려 준 아더마저 뒷걸음치게 했다.

"주인! 대, 대단하십니다! 제가 지금까지 사용하던 헬파이어는 장난 같군요."

아더가 감격한 얼굴로 그 장면을 지켜보았다.

"흐음."

하지만 영웅은 성에 차지 않는 표정으로 자신의 손바닥 위에서 이글거리는 광구를 바라보았다.

잠시 동안 바라보다가 헬파이어에 뇌전의 기운을 불어 넣기 시작했다.

빠직- 빠지직-!

"무, 무슨?"

아더가 경악했다.

단일 마법에 다른 기운을 집어넣은 것이다.

드래곤 인생 처음 보는 광경에 아더는 멍하니 바라보고 있었다.

사실 처음부터 영웅은 모든 것에서 규격 외였다.

이곳에서 사용하는 마나는 중원과 달리, 단전이 아닌 심장에 그것을 저장한다.

그 이유는 바로 마나 사용법을 가르친 자가 먼 옛날의 드래곤이었기 때문이다.

드래곤은 드래곤 하트라고 불리는 자신의 심장을 통해 마나를 움직인다.

그것을 그대로 인간들에게 가르쳤고, 오랜 세월을 그렇게 발전시켜 왔기에 그것이 당연하다고 생각한 것이다.

초기엔 마나 사용에 많은 단점이 있었다.

인간의 심장은 드래곤과 달리 튼튼하지 않았고, 그 약한 심장에 마나를 저장하자 무리가 가기 시작했다.

그 이유로 최초의 마나 사용자들은 오래 살지 못했다.

강해진 마나를 감당하지 못하고 죽었기 때문이다.

그 단점을 보완하기 위해 인간들은 연구를 시작했고, 그 결과 심장을 강화하는 방법을 찾아냈다.

심장에 서클을 둘러 강력한 마나로부터 심장을 지키는 방법.

심장을 보호하는 서클 수가 늘어날수록 더 강해졌고, 더욱 강한 마나를 사용할 수 있게 되었다.

다만 마나를 쓸 때마다 심장을 보호하는 서클을 풀어야 했기에 구동어를 외치며 서클을 푸는 수식을 대입해야 했다.

반면 마법사와 다르게 무인들은 심장 자체를 마나로 강화하는 방법을 찾아냈다.

하지만 그것은 마나의 효율성을 잡아먹었기에 강해지는데 마법사보다 더 오랜 기간이 필요했다.

하지만 영웅은 달랐다.

그 자체가 드래곤 하트였고, 그 자체가 대자연의 마나였다.

그랬기에 서클을 풀기 위한 수식이 따로 필요하지 않았고, 드래곤들처럼 용언 마법으로 간단하게 마법을 사용할 수 있었다.

용언 마법으로 마법을 간단하게 사용할 수 있다고 해도 배우는 건 다른 문제였다.

마법이라는 공부는 복잡한 수식의 연속이었고, 그것을 빠른 시간 내에 얼마나 정확하게 풀어내느냐가 관건이었다.

그런데 영웅은 그 모든 공식을 무너뜨렸다.

처음 아더의 마법을 보고 한 번에 따라 했을 때부터 이미 인간의 영역이 아니었다.

심지어 한 번 보고 마법이 생성되는 기의 흐름을 느끼는 것으로 그것을 완벽하게 따라 했다.

더욱이 따라 하는 것으로 끝나는 것이 아니라, 오히려 더욱 강력하고 빠르게 그것을 펼쳤다.

따라 하는 것으로 부족해서 지금처럼 자신의 기운을 섞어 기형적인 마법을 만들기까지 했다.

아더는 지금까지 살면서 이런 것은 처음 보았다.

헬파이어에 다른 기운을 집어넣으려면 드래곤인 자신도 몇십 년, 아니 몇백 년을 머리 싸매고 연구해야 가능한 일이었다.

그런데 영웅은 아무렇지도 않게 헬파이어를 응용하기 시작한 것이다.

"주, 주인. 그, 그것은 어찌?"

아더가 경악을 하며 묻자 영웅이 웃으며 말했다.

"아니, 왠지 이것을 섞으면 더욱 강해질 것 같아서. 아까 보니 날아가는 속도가 살짝 느린 거 같기도 하고."

"그, 그게 이유였습니까?"

헬파이어가 아무리 느리다 해도 그것을 피할 수는 없었다.

파괴력의 범위가 남달랐기 때문이었다.

전에는 메테오를 알려 줬더니 어느 세월에 위에 있는 운석을 지상으로 끌어오느냐며 말도 안 되는 기운으로 자체 운석을 만들었다.

그것을 천룡이 떨어뜨릴 때 아더는 처음으로 오줌을 지렸다.

그때 영웅이 펼친 메테오의 엄청난 파괴력으로 벨리 마운틴이 좀 더 넓어졌다.

산 하나가 통째로 사라졌기 때문이다.

'아무리 생각해도 주인은 신이 확실하다.'

그렇게 생각할 수밖에 없었다.

자신이 알고 있던 모든 상식을 파괴하는 존재였기에.

"마법이라는 것도 재밌네. 오늘은 여기까지 하자."

"네? 네!"

잠시 상념에 잠겼던 아더는 영웅의 말에 화들짝 놀라며 대답했다.

"이제 슬슬 세상에 나가 정보를 모아야 할 것 같은데."

"그때 말씀하신 단체들을 알아보기 위해서입니까?"

"응. 레이어의 말로는 무슨 길드? 거기에 가면 정보를 모을 수 있다더군. 그렇지?"

영웅이 옆에서 입을 쩍 벌린 채 침을 질질 흘리고 있는 레이어를 바라보며 물었다.

레이어는 영웅이 헬파이어에 뇌기를 섞는 것을 보고 정신이 살짝 나간 상태였다.

이런 말도 안 되는 광경을 요즘 계속 봐 와서 나름 간덩이가 커졌다고 생각했는데 오늘 영웅이 한 더 말도 안 되는 모습에 넋이 나간 것이다.

신이 하는 일이니 당연하다고 생각할 법도 했지만 놀라운 것은 놀라운 것이었다.

"레이어?"

영웅이 다시 부르자 그때서야 정신을 차린 레이어가 고개를 흔들며 대답했다.

"네?"

"너가 말한 정보 길드가 어디에 있냐고."

"아! 저, 정보 길드 말이군요. 근처에 있는 카야 왕국에 존재하고 있습니다."

"카야 왕국?"

"네, 나름 강대국에 들어가는 왕국입니다. 제국도 함부로 못 하는 나라입니다. 정보 쪽으로는 그 나라가 대륙 최고니, 필요하신 정보가 있다면 제게 맡겨 주십시오. 그곳은 제가 잘 아는 곳이니 가서 처리하고 오겠습니다."

레이어의 말에 영웅이 고개를 끄덕였다.

자신은 이쪽 세상에 대해 아는 게 거의 없으니 레이어의 말을 듣기로 했다.

일단 이곳에 온 목적이 사람들을 찾는 것이니 그 목적에 충실하기 위함이었다.

영웅은 품속에서 초상화를 꺼내어 레이어에게 건네주었다.

"이 정도면 사람을 알아보는 데 지장이 없겠지?"

영웅이 건네준 초상화는 사진을 그림처럼 변형한 것이었기에 사실과 다름없었고, 그것을 받아 든 레이어는 엄청난 정교함에 놀랐다.

"정말로 대단한 화가인가 봅니다. 이 정도면 충분한 정도가 아니라 쉽게 찾을 수 있을 것 같습니다."

"거기 초상화에 있는 자들도 힘 좀 쓴다고 하니까 이곳에서 활동하고 있다면 제법 알려져 있을지도 몰라."

"아, 그렇습니까? 그럼 더욱더 쉬울 수도 있습니다. 이건 제가 가서 처리하도록 하겠습니다."

"그래 줄래? 고맙다."

영웅이 레이어에게 고맙다고 말을 전하자 그 말에 가슴이 찌릿한 레이어였다.

어찌 보면 신이 자신에게 감사 인사를 한 것이 아닌가.

벅찬 가슴을 간신히 부여잡고는 레이어는 떨리는 목소리로 대답했다.

"저, 저만 믿어 주십시오! 반드시 찾는 분들의 소식을 알아내서 돌아오겠습니다!"

반드시 해내고야 말겠다는 표정으로 의지를 활활 태우는

레이어를 보며 영웅은 흡족한 미소를 지었다.

⌐⌐⌐

칼빈 제국 황태자의 방에 한 중년인이 모습을 드러냈다.

"신! 웰스 란티드! 황태자 전하를 뵈옵니다!"

"오셨습니까? 란티드 후작. 자 자! 일단 앉으십시오."

"감사합니다. 전하!"

황태자는 란티드 후작 앞에 놓인 유리잔에 술을 따르며 말했다.

"요즘은 어찌 지내고 계십니까?"

"허허, 요즘 같은 평화 시대에 뭐 할 게 있겠습니까? 그저 수련이나 하면서 지내고 있지요."

황태자는 후작의 안부를 물으며 눈치를 살폈다.

"허허, 전하. 소신에게 하실 말씀이 있는 것 같은데 그냥 말씀해 주시옵소서."

이 나라의 다음 대 황제가 될 가장 유력한 사람이 바로 황태자였다.

칼빈 제국은 장자 승계가 원칙이었고 제일 첫째가 곧 차기 황제였다.

그랬기에 일 황자가 황태자의 자리에 오른 것이다.

이 황자가 일 황자보다 더 강해서 군사를 일으켜 그를 제압한다면 자리가 바뀌겠지만, 일 황자는 무력 또한 너무도 강해서 그럴 일은 일어나지 않을 것이다.

그랬기에 황태자는 무조건 차기 황제가 확실한 상태였다.

차기 황제에게 밉보여서 좋을 것도 없었고 오히려 지금 점수를 따 놓으면 나중에 크게 돌아올 수도 있으니 후작이라는 고위직에도 불구하고 이렇게 한걸음에 달려온 것이다.

"그대에게 내 부탁할 것이 있어서 이리 불렀소."

"부탁이라니요. 당치도 않습니다. 명하여 주시옵소서, 전하."

"제가 어찌 제국의 후작에게 명령을 내리겠습니까, 아버님도 아닌데."

"알겠사옵니다, 전하. 소신, 전하의 부탁이라면 발 벗고 나설 것이옵니다."

"고맙소. 다름이 아니라 막내가 있는 벨리 마운틴에서 갑자기 모든 소식이 끊겼다고 하오. 어찌 된 영문인지 그대가 가서 조사를 좀 해 주었으면 좋겠소. 어떤 위험한 일이 있는지 알 수가 없어서 불안하기 짝이 없소."

황태자의 말에 란티드 후작이 평온한 표정으로 입을 열었다.

"그러면 저를 부르신 이유는 그 정찰 임무를 부탁하시려는 것이군요."

후작이 한숨을 쉬며 말하자 황태자가 후작의 손을 붙잡고 말했다.

"그대뿐이오. 그대는 초월자이니 혹시라도 막내에게 위험이 닥쳤다면 능히 해결할 수 있지 않소. 연락이 끊겼다는 것은 철사자단도 당했다는 이야기니 이 일을 맡길 사람은 후작밖에 없소."

황태자가 간절한 눈빛으로 바라보자 후작은 마지못해 고개를 끄덕였다.

"알겠습니다. 전하의 부탁이시라니 소신이 직접 다녀오겠습니다. 다만 준비를 철저히 하고 출발을 해야 하니 기한이 필요합니다."

"당연하지요. 고맙소, 후작! 내가 훗날 이 은혜를 꼭 갚겠소."

황태자의 말에 보잘것없는 부탁으로 살짝 가라앉았던 후작의 기분이 다시 좋아지기 시작했다.

은혜를 갚는다는 소리가 무엇이겠는가? 공작의 작위에 올려 주겠다는 소리가 아니겠는가.

차기 황제의 은혜라는 소리는 충분히 위험을 감수할 만한 먹음직한 조건이었다.

후작은 재빨리 부복하며 외쳤다.

"신! 반드시 전하의 명을 충실히 이행하고 올 것입니다! 믿어 주십시오!"

"고맙소! 정말 고맙소!"

황태자는 후작의 어깨를 연신 두드리며 감사 인사를 했다.

⁂

칼빈 제국의 후작 웰스 란티드.

그는 세상 사람들이 말하는 초월자였다.

이 세상엔 12명의 초월자가 존재했다.

현 세상으로 치면 SSS급 이상 같은 존재들이었다.

초월자들은 나라의 큰 힘이었기에 대부분 높은 관직에 자리하고 있었다. 소속된 나라가 없다면 그들을 영입하기 위해 막대한 자금을 투자하거나 곧바로 후작위를 안겨 주는 등의 정성을 쏟아 불러 모으기 바빴다.

그만큼 중요한 전력이었다.

무적의 검 란티드, 세상이 그를 부르는 이름이었다.

그런 실력자가 벨리 마운틴으로 들어가는 입구 앞에서 잠시 머뭇거리고 있었다.

그의 뒤엔 자신의 기사단인 무적 기사단이 각이 잡힌 모습으로 명령이 떨어지기만을 기다리고 있었다.

그들의 눈에는 두려움이 보이지 않았다.

오로지 란티드의 명령만을 수행할 뿐이었다.

그런 기사단을 본 란티드는 피식 웃었다.

자신의 수하들이 저렇게 당당하게 명을 기다리는데 자신

평행세계
먼처킨

이 긴장하면 어쩐단 말인가.

란티드는 크게 심호흡을 해서 긴장을 날려 버리고 자신의 수하들을 바라보며 외쳤다.

"자! 이제 우리는 삼 황자로부터 연락이 끊어진 벨리 마운 틴으로 들어갈 것이다! 모두 각오는 되었는가!"

"충!"

"우리는 무적 기사단이다! 그 어떤 두려움도 우리를 가로 막을 수는 없다! 자! 가자!"

"충!"

척척척척-!

란티드의 명과 동시에 무적 기사단이 각을 맞춰 이동하기 시작했다.

그렇게 한참을 걷다 보니 어느덧 목적지인 벨리 마운틴 성 이 보이기 시작했다.

'응? 뭐지? 뭔가 성의 분위기도 그렇고 주변 환경도 그렇 고 바뀐 것 같은데?'

뭔가 이상함을 느꼈지만 이내 고개를 흔들고는 외쳤다.

"성이 보인다. 모두 흩어져서 철사자단의 흔적을 찾아라! 삼 황자의 흔적도 찾아라!"

"충!"

수하들에게 수색을 명하고 란티드는 주위는 경계하기 시 작했다.

그렇게 성을 주시하며 가고 있을 때 선두에서 수색하던 기사가 다급하게 외쳤다.

　　"여, 여기 흔적이 있습니다!"

　　수하의 소리를 들은 란티드는 다급하게 소리가 들려오는 장소로 달려갔다.

　　"여기! 갑옷 파편입니다. 문양이 철사자단의 문양입니다."

　　수하가 있는 곳을 가니 바닥에 정말로 갑옷 파편이 사방에 흩어져 있었다.

　　그중 하나를 수하가 들어 올렸고 그 파편에는 사자 문양이 선명하게 그려져 있었다.

　　"으음, 단 한 수에 파괴되었다. 제국에서 만든 플레이트 아머를 단번에 박살 내다니, 엄청난 강자다."

　　제국에서 만든 갑옷은 단순한 갑옷이 아니었다.

　　특수한 방법으로 제련을 한 갑옷에 마법 수식까지 집어넣어 방어력을 극한까지 끌어올린 갑옷이었다.

　　물론 모든 병사가 이 갑옷을 착용하는 것은 아니었다.

　　부단장급 이상만 착용 가능했다.

　　"철사자단의 부단장이다. 그가 한 방에 당했어."

　　주변을 둘러보니 반항을 한 흔적도 없었다.

　　문제는 자꾸 찝찝하게 만드는 무언가였다.

　　란티드의 시선이 자꾸 어딘가로 향했다.

유난히 넓게 푹 파인 자리. 그리고 부자연스러운 주변 풍경에 알 수 없는 오한까지 느껴졌다.

　저런 위력을 낼 정도의 무언가라면 자신들도 안전하지 않다는 것을 깨달은 란티드였다.

3장

란티드는 벨리 마운틴 성을 바라보며 중얼거렸다.

"저곳에 무언가가 있었다. 위험한 무언가가……."

란티드의 말에 그제야 기사단 전체가 침을 꿀꺽 삼키며 긴장하기 시작했다.

"서, 설마. 아니겠지요?"

"모를 일이다. 일단 이동한 흔적은 보이니 그곳으로 가 보자."

란티드의 말에 수하 중 한 명이 말했다.

"이쪽으로 가면 벨리 마운틴 성이 있는 곳입니다."

"모두 전투태세를 갖춰라. 벨리 마운틴 성이 수상하다. 모두 긴장해라! 지금까지 우리가 겪었던 그 어떤 전투보다 힘들지도 모른다.”

"충!"

란티드는 기사단을 이끌고 벨리 마운틴 성으로 향했다.

한편, 이 모든 것을 지켜보는 이가 있었다.

바로 자쿠였다.

자쿠는 영웅의 명을 받아 주변을 경계하고 있었다.

그러던 중에 성을 향해 다가오는 무리를 발견했다.

성 꼭대기에 있던 자쿠는 곧바로 플라이 마법을 사용해 그들이 있는 곳으로 날아갔다.

슈아앙-!

콰앙-!

"뭐, 뭐냐!"

차차차창-!

기사단들이 일제히 검을 꺼내며 소리가 들려온 곳을 바라보았다.

자쿠가 진중한 표정으로 그들을 노려보고 있었다.

"더 이상 접근은 불허한다. 이대로 돌아가면 공격하지 않겠다."

자쿠의 말에 란티드가 물었다.

"네, 네놈은 누구냐!"

"나는 이 성을 지키는 임무를 맡은 자쿠라고 한다."

"자쿠?"

처음 듣는 이름이었다.

하지만 자쿠의 몸에서 나오는 기세는 결코 자신의 아래가
아니었다.

긴장한 란티드가 자신을 검을 뽑아 들었다.

"우리는 저 성을 조사해야 한다. 그대야말로 순순히 성의
수색을 도와라. 그러면 우리야말로 그냥 넘어가겠다."

란티드의 말에 자쿠가 웃으며 말했다.

"하하하, 말로 해서는 안 될 사람들이군."

그러고는 손에서 검은 기운이 감도는 창을 소환하고는 란
티드와 그의 기사단을 향해 조준했다.

"마지막 경고다. 이곳은 허락받은 자들만 들어올 수 있는
곳. 돌아가라."

자쿠의 말에 란티드가 자신의 검에 마나를 불어 넣으며 이
를 악물었다.

"혼은 네놈이 나 봐야겠구나."

란티드의 검에 푸르스름한 기운이 맺혔다.

그 색은 점점 진해지더니 이윽고 또렷하게 변했다.

"호오, 소드마스터인가? 그 정도 경지라면 자부심을 가질
만하지."

"무슨 소리냐!"

자쿠는 대답 대신 자신의 창에 기운을 더욱더 불어 넣었다.

자쿠의 창이 더욱더 진하게 검은 기운을 머금더니, 순식간에 란티드의 검과 같이 또렷하게 변했다.

"헉! 네, 네놈도 초월자였단 말이냐?"

란티드의 말에 자쿠가 고개를 좌우로 저으며 말했다.

"크큭, 아니다. 하지만 너희가 말하는 초월자에 버금간다고 답할 수 있지."

자쿠의 대답에 란티드가 무언가 이상함을 느끼고 자쿠의 기술을 유심히 바라보았다.

그리고 거기서 나오는 기운을 온몸으로 느끼기 시작했다.

그 순간 란티드의 동공이 크게 확장되었다. 두 걸음 뒤로 물러선 그가 외쳤다.

"이, 이 기운은! 서, 설마…… 마족인가?"

자쿠가 자신의 창을 바라보다가 란티드를 보며 말했다.

"제법 눈치가 빠른 인간이구나."

"저, 정말로 마, 마족이 맞다고? 어, 어찌 마족이 이곳에?"

"그럴 만한 사정이 있다. 자, 떠날 거면 떠나고 덤비려면 어서 덤벼라."

자쿠의 말에 무적 기사단과 란티드가 발끈했다.

아무리 마족이라 해도 자신의 뒤에는 마나 각성을 한 기사단이 있었다.

마나 각성. 즉, 각성자였다.

초월자 전 단계라 보면 된다.

뒤의 수하들이 전부 덤빈다면 자신이라 해도 승부를 장담할 수 없었다.

"제아무리 마족이라고 하나 우리를 전부 당해 내진 못할 것이다! 네놈의 그 건방진 미소를 비명으로 바꿔 주겠다. 대형을 갖춰라! 저자는 모든 대륙의 공공의 적인 마족이다! 반드시 척살해야 한다!"

란티드의 명령에 무적 기사단이 일사불란하게 공격대형을 갖추기 시작했다.

사선 형태의 대형으로 자쿠를 향해 돌격해 오는 무적 기사단.

자쿠는 그 모습을 보고 입꼬리를 올리며 공중에 둥둥 떠 있는 검은색 창을 그들에게 던졌다.

"데블즈 스피어!"

자쿠의 손에서 떠난 창이 순식간에 수십 개로 갈라지며 무적 기사단을 향해 날아갔다.

"선두는 적의 공격을 막고 선두가 공격을 막는 사이 뒤에서 적을 공격한다!"

다급한 외침에 선두에 있던 기사단원들이 자신들의 마나로 방패를 강화한 뒤에 비스듬히 기울였고 후미에 있는 기사단은 언제든지 자쿠에게 일격을 가할 자세를 취하고 있었다.

하지만 그들을 더욱 당황하게 하는 일이 벌어졌다.

일직선으로 날아오던 창이 갑자기 하늘 위로 솟구치더니

비가 내리듯이 사방으로 퍼지며 내리기 시작했다.

"제, 젠장! 페이크였다! 모두 충격에 대비해라!"

"빌어먹을! 각자 알아서 막아!"

대응하기엔 늦었다.

수십 개의 검은 창이 비처럼 무적 기사단을 덮쳤다.

콰콰콰쾅─!

"크윽!"

"제, 젠장! 모두 괜찮나?"

자욱한 먼지 속에서 무적 기사단들의 신음이 여기저기서 들려왔다.

"괘, 괜찮습니다!"

여기저기 산발적인 상처들은 있지만, 다행히 크게 다친 사람은 없었다.

수하들이 무사한 것을 확인한 란티드는 입술을 꽉 깨물었다.

'오라를 저렇게 자연스럽게 날리는 것도 부족해서, 그것을 자신 마음대로 변형한다고? 그게 가능한 거야? 과연 마족이라는 것인가? 저 정도 고급 기술을 구사한다면 저자는 최소 상급 마족이다.'

오라를 날리는 것은 자신도 가능했다.

당장 자신이 사용하는 기술에도 오라를 방출하는 기술이 있으니까.

하지만 변형을 한다는 것은 다른 문제였다.

날리는 것도 온 기운을 모아서 전력을 다해야 할 수 있는데 그것을 변형까지 한다?

란티드는 자신의 눈앞에 있는 이가 바로 이번 일의 원흉이라 생각했다.

'하지만 철사자단장이 한 방에 당할 정도는 아닌데…….
그렇다면 젠장, 저자는 혼자가 아니라는 말이 된다.'

란티드의 눈이 자쿠를 향했다.

그의 생각대로라면 자쿠 뒤에 또 누군가가 있을 것이고 그 누군가는 지금 저 뒤에 있는 벨리 마운틴 성에 있을 것이다.

벨리 마운틴을 지키기 위해 철사자단과 같이 파견된 은빛 기사단 역시 약한 기사단이 아니었다.

그들까지 전부 당했다고 가정한다면 자신들에게도 승산이 없었다.

'크윽! 진퇴양난이군. 어쩐다.'

어찌해야 할지 고민을 거듭하는 그 순간 그의 눈에 들어온 광경은 자쿠의 몸이 부풀어 올라 있는 모습이었다. 또한 자쿠의 손에는 검은빛을 가득 머금은 오라가 맺혀 있었다.

"뭐? 바로 공격을 한다고?"

란티드가 깜짝 놀라며 수하들에게 외쳤다.

"비, 빌어먹을! 피, 피해!"

그리고 수하들의 정면으로 란티드가 달려들었다.

그 순간에 날아오는 공격.

"헬 오브 어 샤워!"

챠라라라-!

짙은 검은색을 띤 수천 개의 마나들이 갈라지며 하늘 위에서 다시 한번 비처럼 내리기 시작했는데 이번에는 아까와는 달리 그 위력 자체가 달랐다. 죽음을 내리는 듯한 검은 비는 무적 기사단을 향해 빠른 속도로 날아갔다.

"아이언 클래드 배리어!"

란티드가 재빨리 자신 앞으로 방패 모양의 오라 막을 펼쳤다.

거대한 방패 모양의 배리어가 하늘에서 내리는 죽음의 비를 막아 내기 시작했다.

쩌정-! 쩌저저정-!

"크으윽!"

란티드의 몸이 점점 뒤로 밀리기 시작했다.

그를 지지하고 있던 발은 땅속으로 서서히 파묻히고 있었다.

자쿠는 정말로 강했다.

그리고 마족답게 과감했다.

마족의 특성처럼 그의 손 속에는 망설임이 없었다.

이대로 가다간 자신을 포함해서 기사단 전체가 저 마족 한 명에게 당할 판이었다.

란티드는 자신을 희생해서라도 부하들을 탈출시키기로 마음먹었다.

"내가 저자를 막을 동안 너희는 이곳을 빠져나가 상황을 제국에 알려라! 마족이 세상에 등장했다고 말이다."

"후, 후작님!"

"그럴 수는 없습니다! 후작님이 가십시오! 이곳은 저희가 목숨을 걸고 막겠습니다."

"이런 멍청한 놈들이! 명령이다! 당장 꺼져!"

그 모습에 자쿠가 미소를 지으며 그들이 다 들리게끔 말을 했다.

"그러니까 아까 좋게 말할 때 갔으면 좋았잖아. 안 그래? 이제는 안 돼. 내 정체를 알았으니 말이지."

자쿠가 짙은 살기를 내뿜으며 란티드와 기사단을 압박하기 시작했다.

그에 란티드는 이를 악물고는 자쿠를 노려보았다.

"오냐! 내 죽더라도 네놈과 같이 죽을 것이다!"

란티드가 자신의 모든 기운을 개방하고 자쿠와 대치했다.

'상급 정도면 내가 막을 수 있다. 문제는 저놈들이 내 말을 듣느냐는 건데.'

그게 문제였다.

저놈들은 분명 명령을 불복하더라도 자신과 함께하려 할 것이다.

아니나 다를까 예상대로 무적 기사단은 항명하며 란티드의 곁에 나란히 서기 시작했다.

"싫습니다! 명령 불복종에 대한 죗값은 후작님을 이곳에서 무사히 모시고 나간 뒤에 받겠습니다!"

"이런 못된 것들. 내가 작전 중에는 후작이 아니라 단장이라고 부르라고 그렇게 말을 했거늘. 이런 사소한 것도 안 듣는구나."

말은 질책하고 있었지만, 말투는 그것이 아니었다.

한없이 부드러운 목소리였다.

"오냐! 이왕 이렇게 된 거 다 같이 살아서 돌아가자!"

"충!"

란티드와 기사단이 서로를 바라보며 의지를 다지는 순간 자쿠가 팔짱을 끼며 말을 했다.

"더 기다려 줘야 하나?"

자쿠의 말에 다들 날이 바짝 선 모습으로 일제히 그를 향해 창을 겨누며 오라를 끌어올리기 시작했다.

각자의 창에는 푸르른 오라가 그들의 창을 미세하게 감싸기 시작했다.

"호오! 오라 익스퍼트 수준이라. 대단한데?"

기사단 전체가 오라를 무기에 두를 수 있는 수준이었다.

"과연, 칼빈 제국의 기사단이라는 것인가? 대단하군. 철사자단도 그렇고 은빛 기사단이라는 놈들도 그렇고 인간 놈들 정말 만만치 않군."

자쿠의 입에서 자신들이 찾던 철사자단과 은빛 기사단이 나오자 란티드의 표정이 굳었다.

"역시 네놈과 네놈의 일행이 이번 사건의 원흉이었구나."

"이번 사건?"

"벨리 마운틴 성에 있던 자들은 어찌 되었느냐!"

"아! 그놈들, 크크큭. 그놈들 소식이 없어서 온 것이었군. 글쎄? 어찌 되었을까?"

자쿠의 반응을 보니 확실해졌다.

"자, 시간을 너무 끌었다. 놀이는 여기서 그만 끝내지."

자쿠가 미소를 지으며 자신의 진정한 힘을 개방했다.

쿠와와와와―!

온몸이 찌릿찌릿할 정도의 마기가 자쿠의 몸에서 활화산처럼 분출되고 있었다.

그 힘에 란티드가 경악하며 이를 악물었다.

"크윽! 이, 이런 힘이라니!"

란티드는 이제야 마족이 왜 위험한지, 모든 대륙이 그토록 마족을 두려워하는지 절실하게 깨달았다.

이런 강함을 지닌 자들이 인간계로 몰려온다면 그것만큼 무서운 일이 없을 것이다.

문제는 그것이 아니고 자신들의 앞길이었다.

'이곳이 나의 마지막인가?'

자신의 마지막이 이런 곳일 거라곤 생각조차 해 보지 않았다.

하지만 오늘이 왠지 마지막 날이 될 것 같은 느낌이 들었다.

'훗, 그래. 한세상 원 없이 즐겼으면 된 거지.'

그렇게 생각하니 오히려 마음이 편안해졌다.

란티드는 이내 마음을 다잡고 자쿠를 향해 자신의 모든 것을 다한 공격을 하려 했다.

"그만!"

그 순간, 어디선가 또 다른 목소리가 들려왔다. 동시에 자쿠의 몸에서 활화산처럼 분출되던 마기와 자신들을 압박하던 기운이 순식간에 사라졌다.

란티드는 갑작스러운 변화에 어리둥절한 표정으로 목소리의 주인공을 찾기 위해 주변을 두리번거리기 시작했다.

그러다가 눈에 들어온 장면은 자신들을 압박하던 마족이 얌전한 자세로 누군가를 맞이하고 있었다.

"오, 오셨습니까? 제, 제가 너무 요란을 피웠나요?"

심지어 목소리에는 두려움까지 깃들어 있었다.

란티드는 침을 꿀꺽 삼키며 생각했다.

'비, 빌어먹을. 저 마족도 감당하기 힘든 마당에 더 강한 자가 나타난 것인가?'

자신들이 죽음을 각오할 정도로 강한 마족이었다.

그런데 그 마족이 쩔쩔매고 있으니 저 남자는 도대체 얼마나 강한 자란 말인가.

'서, 설마. 마왕인가?'

그리 생각하다가 이내 고개를 저었다.

자신이 너무 허무맹랑한 생각을 했다고 느꼈다.

정말로 저자가 마왕이라면 자신들만의 문제가 아니라 이 세상에 재앙이 내려온 것이다.

연신 눈을 굴리며 새로 나타난 남자의 정체를 파악하려 애쓰는 란티드. 그를 이토록 긴장시키며 등장한 남자는 바로 아더였다.

아더는 자쿠와 이야기를 잠시 나누고는 고개를 돌려 란티드를 바라보았다.

그의 동공은 연신 세차게 흔들리고 있었고 들고 있는 검 끝도 미세하게 떨리고 있었다.

그 모습에 아더가 미소를 지으며 말했다.

"너무 경계하지 마라. 너희를 해치러 온 것이 아니니."

아더의 부드러운 목소리에 란티드가 다시 한번 침을 꿀꺽 삼키며 간신히 입을 열었다.

"다, 당신의 정체는 무엇이오? 이곳에 있던 다른 이들은 어, 어디에 있소?"

란티드의 질문에 아더가 고개를 돌려 성을 바라보며 답해 주었다.

"어디에 있긴, 저기에 있지. 다들 무사하니 걱정하지 마라. 내가 이리 온 것은 삼 황자께서 너희를 데리고 오라 명하셨기 때문이다."

아더의 입에서 나온 삼 황자라는 말에 란티드를 포함해 그곳에 있던 무적 기사단까지 어리둥절한 표정을 지었다.

란티드는 재빨리 정신을 차리고는 아더에게 물었다.

"사, 삼 황자라니……. 그, 그분은 무사하시오?"

"무사하시지. 이 세상 그 누가 그분에게 해를 끼칠 수 있을까."

아리송한 말을 남기며 그들에게 따라오라고 손짓하는 아더였다.

란티드는 따라가야 하나 말아야 하나 고민하다가 이내 자신의 수하들을 바라보며 말했다.

"일단은 따라가 보자. 저들의 말이 사실인지부터 확인을 해야겠다."

그리 말하고는 저만치 앞서가는 아더와 자쿠를 따라 성으로 향하는 란티드와 무적기사단이었다.

───

나는 웰스가문의 란티드다.

내 나이 이제 60세. 짧다면 짧고 길다면 긴 세월 동안 온

갖 산전수전을 다 겪었다고 생각했다.

누구보다 노력해서 인간의 경지를 넘어선다는 초월자의 경지에 올랐고 제국의 후작위까지 올라왔다.

그리되기까지 그 긴 세월 동안 얼마나 많은 일을 경험했겠는가.

이제 나를 놀라게 할 것은 그리 많지 않을 것이라 생각했고, 있다 해도 오늘처럼 심장이 떨어질 것처럼 놀랄 일은 없으리라 생각했다.

황태자의 명을 받고 이곳에 왔을 때부터 놀라움의 연속이었다.

세상에 존재해서는 안 될 마족의 등장이 시작이었다.

인간계의 초월자와 대등한 힘을 가진 마족이라면 분명 상급 이상의 마족일 것이다.

마족계의 초월자로 보면 된다.

마족의 특성상 인간보다 전투 쪽에 특화되었기에 같은 경지라 해도 그 위력은 천지 차이였다.

그래서 죽음을 각오하고 전투에 임하려 했는데 그 무서운 마족이 누군가의 등장에 순식간에 꼬리를 말고 세상 얌전하게 서 있는 것이 아닌가.

처음에는 그자가 마왕일 거라고 짐작했다.

그러지 않고서야 상급 마족을 저리 다룰 수는 없다고 생각했으니까.

제발 아니기를 바라며 긴장하고 있는데, 그가 삼 황자를 입에 담는 것이 아닌가.

이래도 죽고 저래도 죽을 거라면 일단 지금 이것이 무슨 상황인지 파악이나 해 보고 죽자고 마음을 먹고 그를 따라 성안으로 들어왔다.

그런데 웬걸.

시체가 가득하고 피비린내가 진동할 것이라고 생각했던 성 안은 의외로 깨끗했고, 모조리 죽었을 것으로 생각했던 은빛 기사단 역시 멀쩡하게 살아서 성 주변을 순찰하고 있었다.

거기에 내 속이 타는 것도 모르고 해맑게 웃으며 다가오는 철사자단까지.

그들을 보는 순간 나도 모르게 소리를 버럭 질러 버렸다.

"이게 뭔가! 살아 있으면 연락을 했어야지! 얼마나 걱정했는지 아는가?"

소리를 치고 아차 하는 마음에 나를 이곳으로 이끌고 온 남자의 눈치를 살폈다.

다행히 표정에 큰 변화는 보이지 않았다.

"하하, 죄송합니다. 작은 일들이 있어서 연락할 정신이 없었습니다."

"작은 일?"

"그것은 삼 황자님께 직접 들으시지요."

철사자단 부단주의 말에 나는 고개를 끄덕였다.

어차피 삼 황자에게 인사를 올려야 했으니까.

그들을 따라 성안으로 들어서자 넓은 대전이 등장했고, 그
곳의 가장 높은 곳에 있는 의자에 삼 황자가 심드렁한 표정
으로 앉아 있었다.

마치 하기 싫은데 억지로 하는 그런 표정을 짓고 있었다.

어찌 되었든 이런 상황에서 삼 황자의 얼굴을 보니 왠지
반가운 기분이 들었는지 나도 모르게 목청껏 인사를 올렸다.

평소였다면 절대로 하지 않을 행동이었는데 이상하게 그
날따라 몸이 저절로 그렇게 반응을 했다.

"후작! 웰스 란티스, 삼 황자님을 뵈옵니다."

나는 삼 황자의 성격을 안다.

오만방자하고 아랫사람을 벌레 보듯 보는 더러운 성격을.

이제 나의 인사에 무례하게 대꾸를 하겠지.

"아, 후작이셨군요. 어서 오시오."

이게 아니었다.

내가 아는 삼 황자는 이런 인간이 아니다.

나도 모르게 놀라서 고개를 들어 삼 황자가 정말로 맞는지
확인해 버렸다.

아무리 봐도 삼 황자가 맞았다.

그런데 하는 행동은 내가 아는 삼 황자가 아니었다.

그는 오만방자하지도 않았으며 무례하게 행동하지도 않았
다.

마치 다른 사람이 삼 황자의 껍데기를 쓰고 있는 듯한 기분이 들었다.

그 이유는 곧바로 알게 되었다.

"미안합니다. 내가 지금 기억이 없는 상태라. 수련하는 과정에서 머리 쪽에 충격을 받아 모든 기억을 잃어버린 상태입니다."

이건 정말로 놀라운 이야기였다.

천하의 망나니 삼 황자가 기억을 잃었다?

그래서 내가 알고 있던 모든 성격이 전부 바뀌었다?

사실 지금 상황을 보면 맞는 말이고 가장 설득력이 있었다.

"기, 기억을 잃으셨다고요? 그, 그것도 수련하시다가요?"

일단 수련을 했다는 것부터가 말이 안 되는 소리였다.

삼 황자는 수련 자체를 병적으로 싫어했다.

능력은 쥐뿔도 없으면서 왜 그렇게 수련을 싫어했는지, 오죽했으면 황제가 직접 수련을 시키겠다고 나섰겠는가.

하지만 자식 이기는 부모가 없다고 했던가?

황제마저도 저놈은 재능 자체가 없다고 고개를 절레절레 저으며 포기했을 정도다.

그런 인간이 수련하다가 기억을 잃었다고 하니 믿을 수가 없었다.

아니, 오히려 말이 되는 건가?

생전 안 하던 짓을 하니 몸이 적응을 못 해서 기억을 날려 버린 것일지도 모른다.

그건 그럴 수 있다고 치자.

철사자단과 은빛 기사단이 삼 황자를 따르고 있는 것도 그럴 수 있다고 생각하자.

문제는 왜 저 마족과 마족도 꼼짝 못 할 정도의 강자가 삼 황자를 따르고 있느냔 말이다.

저들이 삼 황자를 따르는 모습을 보니 삼 황자를 구슬려서 무언가를 꾸미는 것으로는 보이지 않았다.

왜냐하면, 그들의 눈빛에서 보이는 삼 황자에 대한 감정은 두려움과 경외였다.

저런 눈빛은 힘으로 굴복시키지 않는 이상 나올 수 없는 눈빛이다.

'삼 황자가 저들을 힘으로 굴복시켰다고? 그게 가능해?'

눈으로 보고 있어도 믿지 못할 판인데 이걸 사람들에게 이야기하면 누가 믿을까.

아마 나를 미친놈 취급 할 것이 뻔했다.

"왜 그러시죠? 안 믿기세요?"

세상 선한 얼굴로 나에게 되묻는다.

말도 되지 않는 상황이다.

내가 여전히 대답을 못 하고 어버버하자, 삼 황자가 빙긋 웃으며 자신의 옆에 있는 자를 나에게 소개해 주었다.

처음에는 잘못 들은 줄 알았다.

하지만 자신의 진짜 모습을 보여 주겠다며 변신을 시작하는데……

그 순간 현기증이 나기 시작했고 몸을 가눌 수 없었다.

정신이 아득해지고 세상이 검게 변했다.

털썩-!

"뭐야? 기절했어?"

"너무 놀랐나 봅니다. 저기 뒤에 있는 기사단들도 줄줄이 쓰러지고 있는데요."

"하긴, 나도 엄청나게 놀라서 다리가 풀렸었는데 인간들이 오죽하겠어."

자쿠의 말에 옆에 있던 아크라 역시 고개를 끄덕였다.

영웅이 란티드에게 아더의 정체를 알려 주자 흰자를 보이며 기절한 것이다.

란티드뿐 아니라 무적 기사단 역시 게거품을 물고 도미노처럼 줄줄이 쓰러져 기절했다.

누적되어 있던 정신적인 충격이 아더의 정체를 듣자 한계치를 넘어선 것이다.

철사자단의 부단장은 바닥에 쓰러져 기절한 란티드를 보

며 그 심정을 충분히 이해한다는 표정으로 그를 바라보았다.

"일단 좀 깨워 봐."

영웅의 말에 아더가 곧바로 손을 들어 올리더니 전격 마법을 바닥에 뿌렸다.

빠지지지직-!

"끄아아악!"

효과는 확실했다.

기절했던 란티드가 눈을 번쩍 뜨며 벌떡 일어난 것이다.

"헉헉헉!"

란티드의 얼굴에는 식은땀이 가득했다.

그의 표정은 악몽이라도 꾼 듯이 초췌하게 변해 있었다.

"잘 잤나?"

아더의 물음에 란티드가 정신을 못 차리고 고개를 저었다.

"못 잤네. 악몽을 꾸었어."

"저런, 어떤 악몽을 꾸었나?"

"하아……. 삼 황자가 상냥하게 나에게 말을 걸고 그런 삼 황자를 드래곤이 옆에서 보좌하고 있……."

대답하던 도중 이상함을 느낀 란티드가 말을 멈추고 천천히 고개를 들어 올렸다.

고개를 드니 눈앞에는 자신이 꾸었던 악몽 속 인물이 자신을 바라보며 생글거리고 웃고 있었다.

"컥! 꾸, 꿈이 아니었……어?"

란티드의 말에 아더가 미소를 지으며 말했다.

"꿈 아니고 현실."

현실이라는 말과 함께 아더가 다시 한번 전격을 날렸다.

빠지지직-!

"끄아아악!"

짜릿한 전류가 몸 안으로 들어오자 란티드가 비명을 질렀고 그런 란티드에게 아더가 친절하게 말해 주었다.

"어때? 꿈 아니지?"

그냥 좋게 말로 해도 될 것을 이런 무식한 방법으로 확인시켜 줘야 한단 말인가.

생각 같아선 저 면상에 주먹을 날리고 싶지만 참았다.

상대는 반신이라 불리는 드래곤이었으니까.

그리 생각하니 분노 조절이 저절로 되었다.

"가, 감사합니다."

자신도 모르게 속마음과 전혀 다른 감사의 인사가 입에서 튀어나왔다.

란티드의 감사 인사에 만족했는지 아더가 고개를 끄덕이고는 영웅에게 말했다.

"이제 된 것 같습니다. 대화를 계속 이어 가시면 됩니다."

아더는 세상 정중하게 영웅을 대하고 있었다.

여전히 드래곤이 인간에게 저리 낮은 자세를 취한다는 것이 믿기지 않는 란티드였다.

"이제 대화를 나눌 수 있을까요?"

"그, 그렇습니다! 마, 말씀하십시오. 경청하겠습니다."

"고마워요. 흠, 란티드 님은 후작이라고 하셨나요?"

"그, 그렇습니다. 저, 정말로 기억이 전혀 없으신 겁니까?"

란티드의 물음에 영웅이 고개를 끄덕이며 말했다.

"그렇습니다. 막강한 힘을 얻었으나 정작 중요한 기억은 모두 잊어버렸군요. 강해지면 뭘 합니까. 나에 대해 아는 것이 없는데……."

영웅의 대답에 란티드가 고개를 저으며 말했다.

"아, 아닙니다! 과, 과거가 뭐 그리 중요하겠습니까? 현재가 중요한 것이지요. 앞으로 살아가야 할 날이 더 많으니 지금부터라도 다시 차곡차곡 쌓아 나가면 되는 것이지요."

란티드의 입에선 연신 영웅을 위로하는 말이 튀어나오고 있었다.

그런 란티드의 모습에 영웅이 환한 미소를 지으며 답했다.

"하하, 그리 생각해 주니 정말 고맙습니다. 앞으로 잘 부탁드리겠습니다, 란티드 후작님."

영웅의 말에 란티드가 황송한 표정을 지으며 재빨리 고개를 조아렸다.

"아, 아닙니다! 자, 잘 부탁드린다니요. 당치도 않으십니다. 미려한 힘이나마 삼 황자님께서 요청하신다면 언제든지 달려가 돕겠습니다."

"감사합니다, 하하하. 일단, 황궁에 가셔서 이곳에는 아무런 문제가 없다고 전해 주시겠습니까? 앞으로는 자주 연락하겠다고도 전해 주시고요."

"무, 물론입니다. 제, 제가 꼭 그렇게 전달하겠습니다."

그리 말하면 란티드는 드래곤과 마족을 힐끔거렸다.

그 모습에 영웅이 피식 웃으며 입을 열었다.

"궁금하십니까? 저들이 누구인지?"

"그, 그게……. 그, 그렇습니다. 황자님!"

"솔직하신 모습이 보기 좋네요. 뭐 한 식구가 된 것이나 다름없으니 알고는 있어야겠지요? 아크라, 자쿠. 소개해라."

영웅이 두 마족에게 하대하자 이미 삼 황자의 수하라는 것을 짐작하고 있었음에도 란티드는 놀라운 마음이 들었다.

짐작하는 것과 확실한 것은 그 느낌이 천지 차이였다.

더욱이 황자의 하대에도 전혀 기분 나쁜 표정 없이 앞으로 나와 자신을 소개하는 둘이었다.

"란티드 후작, 반갑소. 나는 마계에서 온 상급 마족 아크라요."

"아까는 미안했소. 나 역시 마계에서 온 상급 마족 자쿠요. 우리 둘은 마계에 있는 마족 중에서 전투 일족에 속하고 있소."

"야야, 그렇게 말하면 어찌 아냐."

"그런가?"

자쿠가 전투 일족이라 소개하자 아크라가 옆에서 핀잔을 주었고 자쿠는 뒷머리를 긁적였다.

그런데 란티드의 입이 찢어질 정도로 커져 있는 것을 본 아크라가 자쿠를 툭툭 건드리며 속삭였다.

"저 표정을 보니 알고 있나 본데?"

"어? 그러네? 전투 일족을 아십니까?"

자쿠의 질문에 란티드가 벌어진 입을 간신히 다물고는 더 듬거리며 입을 열었다.

"과, 과거 백년 전쟁 때 인간 학살자들로 불렸던……."

란티드가 놀란 표정으로 뒷걸음질 치며 말하자 그 얘기를 들은 영웅이 인상을 찡그리며 자쿠에게 물었다.

"인간들 학살하고 다녔냐?"

영웅의 질문에 웃으며 이야기를 하고 있던 자쿠의 안색이 순식간에 굳었다.

"그, 그게 제가 아니고 과, 과거에 저희 선조들이 그랬다는 이야기입니다. 저, 정말입니다! 저는 인간들을 학살하지 않았습니다!"

"확실해?"

"저, 정말입니다! 믿어 주십시오!"

"자, 자쿠 말이 맞습니다. 저희가 인간계로 내려온 것은 200년 만입니다! 거기에 인간계에 대한 정보를 모으는 중이라 정체를 드러내면 안 돼서 인간들과 접촉도 거의 하지 않았습니다."

한때 인간계를 절망과 두려움의 구렁텅이로 몰아넣었던 악명 높은 마계의 전투 일족이 지금 한 인간에게 쩔쩔매며 변명을 하고 있었다.

그 모습에 점점 더 혼란 속으로 빠져드는 란티드였다.

도대체 얼마나 강해야 저 전투광들이 두려운 표정을 지으며 쩔쩔맨단 말인가.

전투 일족은 마음에 들지 않으면 대마왕에게도 덤비는, 그야말로 분노 조절 장애가 있는 종족이었다.

그런 자들이 지금 영웅 앞에서는 분노 조절을 하는 정도가 아니라 아예 분노 자체를 없앤 것처럼 행동하고 있었다.

"조심해. 내 눈앞에서 사람들 해치다가 걸리면 아주 그냥……."

"아, 알겠습니다!"

"며, 명심하겠습니다."

자쿠와 아크라가 영웅의 눈치를 살피며 연신 고개를 조아리고 있었다.

"크크, 인간. 나는 레드 드래곤 아더라고 한다. 저놈들이 인간들을 해치우려고 하면 이 몸이 나서서 혼내 주지. 걱정하지 마라."

"가, 감사합니다."

아더까지 소개를 마치자 영웅이 손뼉을 치며 말했다.

"자 자! 손님도 오고 했으니 오늘은 거하게 먹어 보자!"

"와!"

"당장 준비하겠습니다!"

"창고를 활짝 열어라!"

무거웠던 분위기가 영웅의 한마디에 순식간에 축제 분위기로 바뀌었다.

물론, 여전히 적응을 못 하고 어색하게 웃고 있는 란티드와 무적 기사단만 빼고 말이다.

⟨───⟩

란티드를 성대하게 대접하고 다시 돌려보낸 영웅은 벨리마운틴 성의 꼭대기에서 아래를 내려다보며 무언가를 깊게 고민하고 있었다.

그런 영웅의 모습을 옆에서 지켜보던 아더가 조심스럽게 다가가 물었다.

"주인, 무슨 걱정이라도 있습니까?"

아더의 물음에 영웅이 고개를 저으며 말했다.

"아니, 뭐 좀 생각할 것이 있어서 말이지."

"이 아더가 도울 일이라도?"

아더가 걱정스러운 모습으로 연신 물어 오자 영웅은 그 모습에 피식 웃었다.

"나 걱정해 주는 거야? 하하하, 기분 좋은데?"

"주인······. 그, 그것이 아니고······."

영웅의 말에 아더가 쑥스러운지 고개를 푹 숙이고는 말을 얼버무렸다.

그런 아더의 어깨를 툭툭 쳐 주고는 다시 아래를 내려다보며 말했다.

"리스토어를 변형해서 저 땅에 펼치면 죽음의 땅이라 불리는 이곳에도 생명이 싹트지 않을까 하는 생각을 하고 있었어."

영웅의 말에 아더가 숙였던 고개를 들고 영웅과 같은 방향을 바라보았다.

아더의 눈에 펼쳐진 풍경은 그야말로 척박함의 절정을 보여 주고 있었다.

따스한 봄기운이 완연한데도 풀 한 포기 자라나지 않는 땅. 색마저 검은빛을 띠고 있어서 괴기스러운 느낌까지 풍기고 있었다.

아더 역시 작은 화분 정도의 크기는 대지의 기운을 불어넣어 생기가 가득하게 만들 수 있었다.

하지만 이 넓은 대지를 생기 가득한 땅으로 만드는 것은 다른 이야기였다.

이것을 정말로 할 수 있는 자가 있다면 그는 신일 것이다.

아더는 아래를 바라보다가 다시 영웅으로 눈길을 돌렸다.

'나의 주인은 신이시다. 신이 못 할 일이 무엇이 있을까.'

믿음이 가득한 얼굴로 영웅을 바라보던 아더가 입을 열었다.

"주인이라면 해낼 것입니다. 아더는 확실하게 믿습니다."

흔들림 없는 눈빛으로 자신을 바라보며 대답하는 아더. 영웅은 미소를 지었다.

"고맙다."

'고맙다'라는 말에 아더는 다시 고개를 푹 숙였다.

그런 아더를 잠시 바라보고는 영웅은 꼭대기 위에서 공중으로 뛰어올랐다.

그리고 양손을 쫙 펼치고는 자신의 시야에 보이는 영역에 리스토어의 원천이 되는 기운을 펼치기 시작했다.

영웅은 눈을 감고 기운을 세밀하게 조절하기 위해 애쓰고 있었다.

'자연을 원상태로 돌리는 거다. 과거 이곳은 살기 좋았던 곳이라고 했었지? 그때로 다시 돌리는 거다.'

영웅은 속으로 그렇게 중얼거리다가 눈을 번쩍 떴다.

그 순간 영웅의 몸에서 눈이 부실 정도로 강한 빛이 뿜어져 나왔고, 그 기운을 정면에서 느낀 아더는 성스러운 기운에 자신도 모르게 눈물을 흘렸다.

영웅은 공중에 작은 태양처럼 빛을 뿜어내었다. 그 빛이 닿은 곳은 색깔이 점차 변해 가기 시작했다.

검은색을 띠고 있던 땅들은 점점 황토색으로 변했고 그 땅속에서 생명이 자라났다.

이윽고 풀들이 무성해지고 나무들이 땅속에서 솟아오르기 시작했다.

천천히 자라나기 시작하던 나무들은 이내 가속도가 붙은 것처럼 빠른 속도로 쑥쑥 커졌다.

이 모든 광경을 지켜보던 이는 아더뿐이 아니었다.

성 위에서 경계하고 있던 은빛 기사단과 거대한 기운에 놀라서 뛰쳐나온 철사자단원들 전부가 지켜보고 있었다.

예외로 마족은 고통을 피해 지하 깊은 곳으로 피신한 상태였다.

"맙소사! 내, 내가 지금 보고 있는 것이 현실인가?"

"세상에……. 죽음의 땅에 생명이 싹트고 있어. 저길 봐! 나, 나무가…… 자라나고 있어……."

"정말로 신께서 삼 황자님의 몸에 빙의하신 거로구나……."

"내가 몇 번을 말해! 삼 황자님 몸속으로 신께서 강림하신 거라고."

다들 하는 이야기는 제각각이었지만 그 안에 담겨 있는 의미는 하나였다.

바로 영웅에 대한 경외심, 그것이었다.

그곳에 있는 모든 이들은 지금 영웅이 행하는 기적을 바라보며 점차 그에게 빠져들고 있었다.

이 엄청난 기적은 한참 동안 진행되었고 어느덧 죽음의 땅이라 불리던 벨리 마운틴은 생명이 가득하고 생기 넘치는 땅으로 변해 있었다.

횅하니 바위와 검은 흙만이 존재했던 땅에, 푸르른 이파리와 울창한 수풀이 생겼다.

영웅은 아무것도 없던 곳에서 이런 엄청난 기적을 일으킨 것이다.

"헐, 이게 되네."

정작 이 기적을 행한 영웅은 자신이 만든 이 상황에 진심으로 놀라고 있었다.

연신 주변을 둘러보다가 자신의 손을 내려다보는 영웅이었다.

"나 참 나, 정말로 이러다가 신이 되는 거 아냐?"

어이가 없다는 표정으로 피식 웃으며 중얼거리고는 다시 자신이 만든 풍경을 감상하는 영웅이었다.

정작 본인은 모르고 있었다.

이미 이곳에 있는 이들에게 영웅은 전지전능한 신이라는 사실을 말이다.

남대륙을 지배하는 제국의 주변에는 그 제국을 따르는 신하국들이 자리하고 있었다.

신하국 중에서도 제국 다음으로 강한 나라를 뽑으라면 사람들이 의심의 여지도 없이 뽑는 나라가 있었다.

카야 왕국.

제국이 없었다면 남대륙의 지배자는 바로 이 왕국이었을 것이라고 말할 정도로 카야 왕국의 국력은 강력했다.

초월자는 그 나라의 국력을 나타내는 하나의 지표였다.

보통 제국 같은 강대국은 수십 명에 달하는 초월자들이 포진하고 있었다.

제국의 신하국에는 초월자들이 거의 존재하지 않았다.

같은 직급을 받고 대우를 받는다면 당연히 큰 곳으로 가는 것이 사람 심리가 아니겠는가.

그것은 초월자라 해도 다르지 않았기에 일반 왕국에는 초월자 같은 인재를 보유하지 못했고 보유하기도 어려웠다.

하지만 카야 왕국에는 예외로 이런 초월자가 다섯이나 존재하고 있었다.

심지어 충성심마저 강했고 그 아래 기사단들 역시 국가에 대한 충성심이 하늘을 찌르고 있었다.

카야 왕국은 이런 힘을 바탕으로 강한 국력을 과시하고 있

었고 그런 카야 왕국을 지탱하는 힘 중 다른 하나는 바로 정
보력이었다.

카야 왕국은 정보력을 무기로 삼는 국가였다.

아는 만큼 강해진다고 생각하여, 그만큼 정보 수집에 필요
이상으로 집착하는 나라였다.

정보력이 곧 국력이라고 생각하는 나라답게 세계에서 가
장 뛰어난 정보 길드의 본진이 대부분 이곳에 자리하고 있
었다.

세계 3대정보길드 중 한 곳인 갈까마귀 길드에 검은색 후
드를 뒤집어쓴 남자가 모습을 드러냈다.

"하하, 어서 오십시오! 갈까마귀 길드에 오신 것을 환영합
니다. 무엇을 도와드릴까요?"

검은 후드를 뒤집어쓴 남자는 아무 말 없이 자신의 손에
들려 있는 초상화 더미를 조용히 내밀었다.

남자가 내민 초상화를 받아 든 갈까마귀 길드 사람은 그것
을 보고는 물었다.

"오! 상당히 정교하게 그려진 초상화군요. 한데, 이것으로
무엇을 해 달라는 것인지? 이 사람들을 찾아 달라는 소리신
가요?"

"그렇다. 그들에 대한 정보나 소재 파악을 해 준다면 한
명당 금화 1백 크리실(금화 1크리실=약 1백 만 원)을 주겠다."

"헉! 금화 1백 크리실이나요? 하하, 정말로 중요한 자들인

가 봅니다?"

"그런 것까지 말을 해야 하나?"

검은 후드의 남자가 인상을 찡그리며 기분 상했다는 듯이 말하자 갈까마귀 길드 사람이 재빨리 고개를 숙여 사과했다.

"죄송합니다! 물론, 아닙니다! 돈만 정확하게 주신다면 무엇이든지 해 드리는 갈까마귀 길드에 오신 것을 정말로 환영합니다! 고객님."

"시간은 얼마나 걸리겠는가?"

검은 후드를 입은 남자는 바로 영웅의 명을 받아 이곳으로 정보를 얻으러 온 흑마법사 레이어였다.

갈까마귀 길드 사람은 레이어의 질문에 초상화의 숫자를 세고는 잠시 고민하다가 말했다.

"일단 찾아야 할 사람 수가 여덟 명이나 되어서 시간이 좀 걸릴 듯합니다. 하지만 금액이 금액인 만큼 최대한 빨리 찾아 보고 알려 드리겠습니다."

남자의 말에 레이어가 고개를 끄덕이며 말했다.

"정보를 정리해서 저 앞에 있는 여관으로 가져다주게. 그곳에서 머무르고 있겠네."

"알겠습니다! 편히 쉬고 계시면 제가 정보를 가지고 찾아뵙겠습니다."

레이어가 정보 길드에 의뢰하고 나가자 조금 전까지 굽신거리며 환한 미소로 응대하던 길드원의 표정이 순식간에 차갑게 변하며 자신의 손에 들려 있는 초상화들을 바라보았다.

"이렇게 정교한 초상화라니. 찾는 건 어렵지 않겠군. 그런데 저자…… 어디서 많이 본 얼굴인데……."

길드원은 기억이 날 듯 말 듯 하는 표정으로 인상을 찡그리며 생각해 내려고 애를 썼다.

그러다가 기억해 냈는지 눈을 번쩍 뜨고는 초상화를 든 손을 부들부들 떨기 시작했다.

"마, 맙소사! 이건 대박이군. 기, 길드장님께 일단 보고를 드려야겠다."

남자는 초상화를 든 채로 어딘가로 다급하게 달려가기 시작했다.

건물 최상층, 길드장이 머무는 곳까지 단숨에 올라간 남자가 거친 숨을 내쉬며 문을 두드렸다.

똑똑똑-!

"들어와."

남자는 안에서 허락의 말이 나오기가 무섭게 문을 벌컥 열고 들어갔다.

방 중앙에 고풍스러운 책상이 자리하고 있었고 그곳에 한쪽 눈에 안대를 한 남자가 파이프를 입에 문 채로 의자에 기대앉아 있었다.

"뭐냐? 무슨 일이라도 생긴 것이냐? 왜 이렇게 다급하게 들어와?"

"기, 길드장님! 대, 대사건입니다!"

"대사건? 무슨 사건인데?"

길드장의 물음에 남자가 자신의 손에 든 초상화들을 내밀었다.

그것을 받아 들고 살펴보던 길드장은 고개를 갸웃거리며 물었다.

"뭐, 초상화가 엄청나게 사실적으로 그려지긴 했네. 이게 대사건이냐? 그림을 엄청 잘 그린 것이?"

"아, 아닙니다. 그, 그 초상화에 나온 이들을 찾아 달라고 의뢰한 자 말입니다. 그자가 누구인지 아십니까?"

"누군데?"

"대륙 전역에 수배되어 있는 자, 광기의 마법사! 레이어입니다!"

4장

광기의 마법사라는 말에 길드장이 놀란 표정으로 일어났다.

벌떡-!

"뭐라고? 확실해? 정말이야?"

"저, 정말입니다! 제가 누구입니까? 전 한 번 본 사람은 절대로 잊지 않습니다! 아시잖습니까?"

"흐음, 그렇긴 한데……. 그자가 이렇게 대놓고 활동을 한다고? 그걸 지금 믿으라는 거야?"

"저도 그래서 몇 번을 되뇌었습니다. 잘못 본 것이 아닌가 하고요. 하지만 확실합니다! 그에게 걸려 있는 현상금만 금화 2만 크리실입니다! 어찌할까요? 신성 제국이나 칼빈 제국에 제보할까요?"

남자의 말에 길드장은 자신의 손에 들려 있는 초상화를 바라보며 생각에 잠겼다.

그렇게 한참을 고심하더니 이내 초상화를 남자에게 다시 던져 주며 말했다.

"어찌 되었거나 지금은 우리의 고객이다. 신뢰를 잃어버리는 짓을 하지 말아야지. 일단은 의뢰에 충실해라."

"아, 알겠습니다."

"의뢰가 완료되면 그 뒤는 우리와 관련이 없는 사람이다. 알겠지?"

길드장의 말에 남자가 그 뜻을 알아들었다는 표정으로 고개를 끄덕였다.

"물론입니다. 제가 잘 처리하겠습니다."

"크큭, 그래. 너에게 모든 것을 맡기마. 이번 일을 잘 해결하면 직급을 올려 주지."

"최선을 다해 좋은 결과를 내겠습니다!"

길드장의 말에 남자는 이미 성공을 확신한 표정으로 허리를 숙여 인사하고는 서둘러 나갔다.

남자가 문밖으로 사라지자 길드장은 날카로운 눈빛으로 손에 깍지를 끼고는 턱을 괴었다.

"광기의 마법사 레이어. 크크크, 이렇게 찾게 될 줄은 몰랐군. 도대체 뭘 믿고 이 정보의 도시에 당당하게 모습을 드러낸 것일까? 자신에게 엄청난 금액의 현상금이 걸렸다는 사실을 모르는 것인가?"

길드장은 한참을 생각하더니 고개를 저으며 중얼거렸다.

"내가 생각할 일이 아니군. 나는 그들에게 정보만 전해 주면 그만일 뿐."

그러고는 자리에서 일어나 밖으로 나가는 길드장이었다.

레이어가 정보 길드에 의뢰한 지 일주일이 지나고 드디어 기다리던 소식이 전해졌다.

"오래 기다리셨습니다. 죄송합니다. 예상외로 찾기가 힘들었습니다."

"그런가? 그래도 이렇게 온 것은 찾았다는 이야기겠지?"

"하하, 눈치가 빠르시군요. 맞습니다. 찾았습니다. 여기에 정확한 정보들이 적혀 있습니다."

레이어를 찾아온 남자는 서류 뭉치를 건넸다.

그것을 받아 든 레이어는 하나하나 넘기며 대충 훑어보기 시작했다.

"흠, 용병이라."

"그렇습니다. 특이하게도 그 초상화에 있는 자들이 전부 한 용병단의 단원들이더군요. 덕분에 처음에는 어려웠지만

한 명을 찾고 나니 나머지는 금방 찾게 되더군요."

"그렇군. 수고했네. 여기 얘기했던 금액일세."

레이어가 짤랑거리는 소리가 들리는 가죽 주머니를 건네 주자 남자가 그것을 받아 열어 확인했다.

"네! 확인되었습니다. 저희 갈까마귀 길드를 이용해 주셔서 감사드립니다. 다음에도 이용해 주시면 성심성의껏 최선을 다하겠습니다."

남자의 말에 레이어가 고개를 끄덕이고는 손짓을 했다.

이만 가 보라는 소리였다.

남자는 재빨리 고개를 숙이고는 금화가 들어 있는 가죽 주머니를 들고 밖으로 나갔다.

남자가 나가자 레이어는 자신의 손에 들려 있는 서류를 보며 미소를 지었다.

"후후, 그분께서 좋아하시겠군. 어서 가서 이 기쁜 소식을 전해 드려야겠어."

레이어는 환한 미소를 지으며 서둘러 영웅이 있는 벨리 마운틴으로 이동하려 했다.

그때 레이어의 고개가 다급하게 돌아갔다.

그 순간 벽이 무너지면서 섬광이 레이어를 향해 날아왔다.

콰콰쾅-!

쯔앙-!

"크윽! 블링크!"

레이어가 다급하게 마법으로 몸을 이동해 그것을 피한 후 무너진 벽을 바라보았다.

그곳에는 눈이 부시게 반짝거리는 은빛 갑옷을 입은 자가 입가에 미소를 지으며 서 있었다.

"크큭, 레이어. 반갑군. 나를 잊은 것은 아니겠지?"

"제길! 성휘 기사단의 컨버전나이트 베야노……. 그대가 어찌 이곳에?"

"그렇게 정확하게 기억하고 있다니 영광이라고 해야 하나? 아무튼 고맙군. 이곳에 있는 이유는 사실 이곳에 있는 정보 길드에 의뢰했거든. 사람을 찾아 달라고."

"빌어먹을……. 그게 나였군."

"정답. 뭐 피차 아는 사이니, 긴말할 필요는 없겠지?"

컨버전나이트 베야노.

그는 신성 제국의 초월자 중 한 명이었다.

그가 이끄는 성휘 기사단은 신성 제국의 명을 받아 이단을 심판하고 개종을 시키는 자들이었다.

이들이 말하는 이단은 바로 마신을 숭배하는 이들이었다.

마신을 믿는 이들을 개종하거나 세상에서 지우는 것을 신이 자신들에게 내린 계시라 굳게 믿고 있었고, 그것을 위해서라면 자신의 몸을 아낌없이 던지는 인간들이었다.

한마디로 광신도 그 자체.

평범한 사람들에게도 공포였지만 마신을 믿는 사람들에게는 지옥에서 온 악마와도 같았다.

고문은 기본이고 이들과 연관된 자들을 찾아내기 위해 악마도 울고 갈 짓을 서슴지 않고 행하는 자들이었다.

이들은 아주 오랫동안 광기의 마법사라 불리는 레이어를 추적해 왔다.

중간에 레이어를 만나 전투를 치른 적도 있었다.

하지만 그때는 레이어의 진짜 실력을 알지 못했기에 방심했고 결국 그를 놓치고 말았다.

자존심이 상한 베야노는 그 후로 모든 것을 내팽개치고 레이어를 쫓았다.

"크크크, 정말 오랫동안 너를 쫓아다녔다고 하면 믿겠나?"

"그냥 잊어 줬으면 했는데."

"이런, 그럴 수야 있나. 나에게 처음으로 실패를 맛보게 해 준 사람인데."

"내가 지금 좀 바쁜데 다음을 기약하자고 하면 안 되겠지?"

"하하, 당연한 이야기를 하는군. 자 자, 어찌하겠나? 순순히 따라가겠나? 아니면…… 이곳에서 내가 힘을 써야 할까?"

같은 초월자임에도 레이어가 이렇게 당황하는 이유는 상성 때문이었다.

신성력은 그에게 있어 유일한 약점이었다.

그것을 이겨 내려고 노력도 해 보고 방법도 찾아보았지만 결국 찾지 못했다.

반면, 베야노는 레이어의 암흑력에 더 강한 힘을 발휘하기에 정면 대결로는 상대가 되지 않았다.

예전에도 꼼수를 이용해서 간신히 빠져나온 레이어였다.

'저놈이 이번에는 방심하지 않을 텐데……. 어쩌지?'

레이어가 고심하다가 베야노에게 말했다.

"이곳에서 우리가 싸운다면 일반인들의 피해가 클 것이다. 일단 다른 곳으로 장소를 옮기자."

"하하하하! 또 도망을 가려고? 이번에도 내가 속을 것 같으냐?"

"그대는 신성 제국의 성휘 기사단의 단장이다. 그런 자가 사람들에게 피해를 줬다는 소문이 나면 어찌 되겠는가? 그대의 주신과 교황의 얼굴에 먹칠하는 꼴이지 않겠는가."

레이어의 말에 베야노의 눈썹이 꿈틀거렸다.

"크윽! 이놈! 혀를 날름거리는 것은 여전히 잘하는구나."

"어찌하겠는가? 나는 이곳에서 싸워도 상관이 없네만."

"……좋다. 따라와라."

베야노가 결국 한발 물러나 레이어의 제안을 받아들였다.

자신이 욕먹는 것은 상관이 없지만, 자신이 믿는 신을 욕

보일 수는 없었다.

베야노는 레이어에게 단 한순간도 눈을 떼지 않았다.

그런 베야노를 보며 한숨을 쉬고는 속으로 생각했다.

'후우, 일단 도망갈 수 있는 확률은 커졌다.'

도심을 벗어나 인적이 없는 외곽으로 나온 베야노와 레이어는 서로를 마주 보며 섰다.

"이제 만족하나?"

베야노의 말에 레이어가 고개를 끄덕였다.

"그럼 이제 선택해라. 죽을 것인지, 아니면 순순히 나를 따라가 너와 관련된 이단들에 대해 모두 이야기할 것인지. 아! 죽음을 선택하는 건 그다지 권하지 않는다. 왜냐하면 절대로 곱게 죽지는 못할 테니까. 세상에 태어난 이래 처음 겪어 보는 고통과 절망이 너를 덮칠 것이다. 그러니 이것을 참고하고 신중하게 생각하도록."

베야노의 말에 레이어가 피식거리며 웃었다.

"뭐가 웃기지?"

"상황이 바뀐 것 같아서 말이지. 우리 서로 믿고 있는 신이 뒤바뀐 것은 아닌가? 자네의 신이 오히려 악마 쪽에 더 가까운 것 같은데?"

레이어의 말에 베야노의 몸에서 푸른 불꽃이 활활 일어났다.

너무도 분노한 나머지 신성력이 실체화되어 나타난 것이다.

"으드득! 결국 벌주를 택하겠다는 것이군. 오냐, 내 직접 네놈에게 회개의 기회를 주겠다."

"그게 무슨 회개냐. 고문을 하며 즐기는 것이지. 말은 바로 해야지."

"닥쳐라! 신성모독을 더는 못 들어 주겠구나! 홀리 파이어!"

레이어의 말에 베야노가 흉신악살 같은 표정으로 자신의 검을 앞으로 휘둘렀다.

그러자 몸 주변으로 실체화되어서 타오르던 신성력이 검을 타고 푸른 불덩이로 변하며 레이어를 향해 날아갔다.

"다크배리어! 다크배리어! 다크배리어!"

상성상 하나로는 막기 힘들겠다고 판단한 레이어가 다크배리어를 삼중으로 펼쳐 두고는 재빨리 몸을 뒤로 틀었다.

쩡쩡쩡-!

역시나 쉽게 뚫리는 배리어 소리를 듣고는 다급하게 외쳤다.

"플라잉!"

순식간에 몸이 공중으로 떠오르며 빠른 속도로 날아가기

시작한 레이어였다.

퍼퍼펑-!

레이어가 있던 자리는 금세 푸른 불꽃으로 뒤덮여 활활 타올랐다.

안도의 한숨을 쉬며 마나를 더욱더 집중하여 속도를 올리려는 찰나, 아래에서 무언가가 자신을 향해 날아오는 것을 느꼈다.

뭔가 해서 바라보니 수백 개가 넘는 창들이 일제히 자신을 향해 날아오고 있었다.

"크윽! 뭐, 뭐야! 다크배리어!"

따다다당- 쩌저정-!

푸학- 퍼억-!

"끄아아악!"

다크배리어가 순식간에 뚫리고, 창들이 레이어의 몸을 관통하고 지나갔다.

"시, 신성력을 두른 창이라니……. 성휘 기사단이 이곳에 있었나?"

고통스러운 몸으로 아래를 바라보니 역시나 숲속에 성휘 기사단이 숨어 있었다.

"내가 도주할 곳을 미리 선점하고 기다리고 있었구나."

다신 속지 않겠다더니 정말로 준비를 제대로 하고 온 것이었다.

갑자기 숨이 가쁘고 정신이 몽롱해져 왔다.

"제, 젠장. 생각보다 상처가 깊었나?"

이대로라면 잡힐 것이 뻔했다.

잡힌다면 정말로 끔찍한 고문 속에서 죽지도 살지도 못한 채 오로지 고통만을 느끼는 존재가 될 것이다.

'그 전에 주군께 가야 한다.'

레이어는 초인적인 힘을 발휘해서 자신이 가진 모든 마나를 플라잉 마법에 집중했다.

콰아아아아아—!

뒤에서 열심히 레이어를 쫓아온 베야노가 갑자기 속력이 빨라진 레이어를 보고는 성휘 기사단에게 손짓을 했다.

그의 손짓에 성휘 기사단은 일제히 레이어가 사라진 방향으로 빠르게 달리기 시작했다.

베야노 역시 서둘러 레이어가 사라진 방향으로 몸을 날렸다.

한편, 레이어는 정신이 가물가물해지는 상태에서 정말로 한 방향만 바라보며 열심히 날아가고 있었다.

'조, 조금만 더……. 제발…….'

간절하게 마음속으로 외치며 빠른 속도로 날아가고 있었지만 벨리 마운틴 성은 보이지 않았고, 정신은 점차 몽롱해지고 있었다.

'안 돼! 잠들면 안 돼!'

으적- 푸칵-!

주르륵-.

레이어는 몽롱해지는 정신을 깨우기 위해 자신의 혀를 깨물었다.

순식간에 입안 에서 엄청난 고통이 밀려왔다.

'크윽! 조금은 효과가 있군. 이대로만 가자.'

몽롱했던 정신이 고통으로 인해 다시 돌아오자 젖 먹던 힘까지 짜서 다시 속도를 올리는 레이어였다.

한편, 레이어의 뒤를 쫓고 있는 베야노는 느긋한 표정으로 달려가고 있었다.

"성휘의 문장 각인이 돼 있는지도 모르고 열심히 가고 있구나. 자, 어서 너희의 본거지로 우리를 안내하거라."

성휘의 문장 각인은 신성력으로 몸에 위치 추적이 가능한 기운을 심어 놓는 것을 말한다.

레이어에게 분노하는 척 연기를 하며 신성력을 실체화한 이유가 바로 여기에 있었다.

베야노는 레이어의 시선을 실체화된 신성력으로 돌린 후 몰래 그의 몸에 문장 각인을 해 둔 것이다.

그 덕분에 이렇게 느긋하게 레이어의 뒤를 쫓을 수 있었다.

한참을 뒤따르던 베야노는 고개를 갸웃거렸다.

"뭐지? 여기는 분명……. 벨리 마운틴으로 향하는 길인데? 벨리 마운틴의 풍광이 이랬었나?"

베야노의 중얼거림에 뒤따르던 성휘 기사단의 부단장 역시 고개를 갸웃거리며 베야노의 말에 동조했다.

"분명 생명이라고는 눈을 씻고 찾아도 보이지 않았던 땅으로 기억하고 있는데요. 이런 풍경은 아니었습니다."

"환상진인가?"

"아닙니다. 실체가 있는 것들입니다."

"뭐지? 우리가 뭔가에 홀린 것인가?"

"그것은 모르겠지만 이 풀들과 나무들에서 신성력이 미세하게 느껴지기는 합니다."

부단장의 말에 베야노는 주변에 있는 식물들을 바라보며 집중했다.

"흠, 정말이군. 주신께서 기적을 행하신 모양이야."

"제 생각도 단장님과 같습니다. 그것이 아니고선 이 저주받은 땅에서 이런 풍경을 볼 수 있었겠습니까?"

"저주받은 땅이 축복받은 땅이 되었고 그 축복받은 땅으로 악마의 종자가 들어갔다. 이거 참 재미있는 상황이지 않으냐?"

베야노는 주변을 잠시 둘러보며 감상하고는 다시 레이어가 있는 방향으로 몸을 날렸다.

"가자! 더 멀어지기 전에 따라가야지."

"충!"

은빛 기사단은 천지가 개벽한 벨리 마운틴 성의 주변을 순찰하고 있었다.

"아직도 믿어지지 않아. 여기가 정말로 그 죽음의 땅이었다니."

"신께서 내리신 축복이지. 우리는 바로 그 신을 모시고 있고 말이야."

"그러니까 말이지. 내 생애 신을 모시게 되는 날이 올 줄이야."

"자 자! 우리가 해야 할 일은 신께서 편히 쉬실 수 있도록 경계를 열심히 하는 것이네. 움직이자고."

"그럼! 자, 개미 새끼 한 마리도 들어오지 못하도록 철저하게 둘러보자고!"

슈아악-!

쿵-!

그렇게 대화하고 있을 때, 무언가가 떨어지는 소리가 들려왔다.

"뭐지? 뭔가가 떨어지는 소리 같은데."

"가 보자!"

은빛 기사단이 다급하게 소리가 난 방향을 향해 달려갔고 그곳에 도착하니 피범벅이 된 채로 가쁜 숨을 몰아쉬고 있는 레이어가 있었다.

"레, 레이어 님!"

은빛 기사단원들은 바닥에서 정신을 잃어 가고 있는 레이어를 보고는 당황하여 달려갔다.

"레이어 님! 정신 차리십시오! 레이어 님!"

"으윽! 자, 자네들은……."

"은빛 기사단입니다. 레이어 님, 어찌 된 일입니까?"

"그, 그들이 오고…… 있네. 어, 어서…… 이곳을 빠져나가야…… 하네."

"그들이요?"

"이, 이야기는 나중에……. 어서…… 그분이 계신…… 성으로 가야 하네……."

"알겠습니다. 일단 상처가 심하시니, 업히십시오."

"……."

"이런! 기절하신 것 같다. 어서 모시고 이동하자."

은빛 기사단을 보고는 긴장이 풀렸는지 레이어는 그 자리에서 정신을 잃었다. 은빛 기사단은 그런 레이어를 업고 다급하게 벨리 마운틴 성이 있는 방향으로 달리기 시작했다.

이들이 사라지고 잠시 후에 베야노와 성휘 기사단이 그곳에 모습을 드러냈다.

"역시 일당이 있었군. 저들이 이 근처에서 생활할 만한 장소는…… 한 곳뿐이지. 벨리 마운틴 성. 크크큭, 가자. 오늘은 신명 나는 사냥을 할 수 있을 것 같다."

베야노가 연신 즐거운 웃음을 지으며 벨리 마운틴 성이 있는 방향으로 걸음을 옮겼다.

한편, 벨리 마운틴 성으로 레이어를 업고 온 은빛 기사단은 다급하게 영웅을 찾았다.

"주, 주군! 주군! 큰일입니다!"

은빛 기사단의 외침을 듣고 모습을 드러낸 영웅은 기절한 채 바닥에 누워 있는 레이어를 바라보았다.

그의 손엔 피가 덕지덕지 묻은 주머니가 들려 있었다. 혹시라도 놓칠까 봐 기절한 와중에도 손에 꼭 쥐고 있었던 것.

자신이 상처를 입는 상황에도 저것을 지키기 위해 노력한 것이 보였다.

영웅은 조용히 다가가 그것을 손에서 빼내 열어 보았다.

그 안에는 영웅이 찾았던 사람들의 정보가 담겨 있었다.

영웅은 정보가 들어 있는 가죽 주머니와 레이어를 번갈아 가며 바라보았다.

"미련하긴……. 제 몸을 먼저 챙겼어야지, 이딴 게 뭐 중요하다고……."

영웅의 목소리에 담긴 감정은 복합적이었다.

그중에서도 레이어에 대한 감동이 더 컸다.

"블랙 리스토어."

순간 영웅의 몸에서 엄청난 마기가 흘러나왔고 그 마기는 바닥에 있던 레이어의 몸으로 들어가기 시작했다.

흑마법을 사용하는 레이어에게 일반적으로 사용하는 리스토어는 상처가 치료되긴 하지만 엄청난 고통을 동반한다. 때문에 이번엔 평소와 다르게 마기를 이용해서 그의 상태를 복구시키는 것이었다.

처음 시도하는 것이었지만 효과는 기대 이상이었다.

"헉!"

정신을 차린 레이어가 쌩쌩한 모습으로 벌떡 일어나 주변을 둘러보다가 다급하게 자신의 손을 바라보았다.

아마도 가죽 주머니를 찾는 것 같았다.

"이걸 찾느냐?"

레이어는 두리번거리다가 목소리가 들린 방향으로 고개를 들었다.

영웅이 그곳에 서서 가죽 주머니를 내밀고 있었다.

"주, 주군. 소, 소신, 주군의 명을 무사히 마치고 왔습니다."

"고생했다. 밖에 서성거리는 저놈들이 너를 괴롭힌 모양이구나."

"헉! 그들이 이곳까지 따라왔단 말입니까?"

레이어의 말에 영웅이 고개를 끄덕이고는 입을 열었다.

"내 사람을 건드린 놈들이 누군지 얼굴이나 한번 봐야겠군."

영웅은 레이어에게 그리 말하고 성큼 걸어 나갔고 레이어는 다급하게 그 뒤를 따랐다.

한편, 밖에서도 성휘 기사단이 성 쪽으로 걸어오고 있는 것을 지켜보는 눈들이 있었다.

바로 아더와 자쿠, 그리고 아크라였다.

"뭐야, 저놈들은? 신성력을 풀풀 풍기면서 다가오는데?"

"입은 꼬락서니를 보아하니 신성 제국의 성휘 기사단 같습니다."

"신성 제국?"

"네, 주신을 모시는 신관들이 있는 제국입니다. 영토는 크지 않지만 모든 대륙이 주신을 믿으니 영향력은 세계 최고입니다. 우리 마족이 가장 경계하는 나라기도 하고요."

"저들의 신성력과 저희 마족의 마력은 상성이 좋질 않습니다. 그래서 항상 저 빌어먹을 신성력을 이기기 위해 연구에 연구를 거듭하지만 언제나처럼 당하기 일쑤죠."

자쿠와 아크라의 설명을 들은 아더는 실눈을 뜨고 그들을 지켜보았다.

"아까 레이어가 업혀 들어오던데 그놈을 쫓아온 모양이군."

그리 말하고는 성휘 기사단이 있는 방향으로 몸을 날리려 할 때였다.

"어디 가려고?"

뒤에서 영웅의 목소리가 들려왔고 아더는 재빨리 고개를 돌렸다.

"주인, 침입을 한 놈들이 있어서 정체를 알아보려는 참이었습니다."

"레이어를 상처 입히고 쫓아온 놈들이다. 내가 직접 처리하지."

"아닙니다! 주인! 이런 일마다 주인이 나서는 것은 그 뭔새인지 뭔지 잡는 데 소 잡는 칼을 쓰는 격입니다."

"닭이다. 그런 것은 또 어디서 들었어?"

"책 많이 읽었습니다. 거기서 본 것 같습니다."

아더의 말에 영웅이 고개를 끄덕였다.

저렇게 의욕적으로 나서는데 체면을 깎을 수는 없는 노릇이었다.

"그래, 너에게 맡기마."

"감사합니다! 주인!"

영웅의 허락에 환한 미소를 지으며 성휘 기사단이 있는 방향으로 몸을 날리는 아더였다.

순식간에 성휘 기사단이 있는 곳까지 날아간 아더는 땅에 거대한 먼지를 일으키며 착지했다.

콰쾅-!

아더의 갑작스러운 등장에 성휘 기사단은 일제히 무기를 꺼내 들고 경계하기 시작했다.

베야노는 흙먼지를 일으키며 나타난 아더를 차가운 눈빛으로 노려보았다.

"네놈은 누구지? 레이어와 아는 놈인가?"

베야노의 질문에 아더가 하얀 이를 드러내며 웃었다.

"레이어? 왜? 잘 알면 어쩌려고?"

아더의 말에 베야노는 뒤쪽에 보이는 벨리 마운틴 성을 바라보며 말했다.

"저곳이 네놈들의 본거지인가?"

"왜? 공격하려고?"

"못 할 것도 없지. 이단들이 모여 있는 소굴이라면 정화하는 것이 우리의 소명이니."

"이단?"

"크큭, 인제 와서 아닌 척해 봐야 늦었다."

베야노의 말에 아더는 어이가 없다는 표정을 지었다.

"내가 아닌 척을 했다고? 언제?"

스르릉―!

베야노는 아더의 말은 가뿐히 무시하고 자신의 검을 꺼내 들며 뒤에 있는 부하들에게 말했다.

"너희는 전부 저 성을 향해 돌격하라. 단 한 놈도 성 밖으로 빠져나가게 해서는 안 된다. 도망가는 놈들은 그 자리에서 참해도 좋다!"

"충!"

베야노의 명에 성휘 기사단원들이 일제히 성을 향해 돌격하려는 그때, 아더가 손을 흔들었다.

화르르르륵−!

거대한 화염 벽이 생겨나 성으로 향해 달리려던 성휘 기사단의 앞길을 막았다.

"크윽! 이, 이게 뭐야?"

"함정인가?"

성휘 기사단은 당황했다.

하지만 그 누구도 그것이 마법으로 인해 만들어진 현상이라는 사실은 알지 못했다.

단지, 이곳은 저들의 본거지니 이런 수준의 함정은 존재할 것이라 짐작할 뿐이었다.

"역시 본거지답게 방비를 철저히 해 두었군!"

베야노가 거대한 불길을 보고 감탄하며 말했다.

"저런 함정으로는 성휘 기사단을 막을 수 없지."

베야노의 말처럼 성휘 기사단은 불길을 두려워하는 기색 없이 뛰어들고 있었다.

그 모습을 흐뭇한 표정으로 바라보는 베야노에게 아더가 말했다.

"과연 그럴까?"

아더의 말에 베야노는 웃음을 멈추고 아더를 노려보았다.

그 순간 거대한 불길이 있는 곳에서 성휘 기사단이 비명을 지르며 다시 밖으로 뛰어나오고 있었다.

"끄아아아악!"

"아아악! 뜨, 뜨거!"

"크흑! 하, 하마터면 타 죽을 뻔했다!"

조금 전까지 반짝거리며 광이 나던 갑옷은 시커먼 그을음으로 엉망이 되어 있었고 기사단원들의 머리카락은 불에 그슬려 곱슬머리가 되어 있었다.

"마, 말도 안 돼……. 신의 가호를 받은 자들이 어찌……."

신의 가호.

성기사단이 되면 교황이 내려 주는 축복이었다.

이것을 받은 기사는 기본적으로 화기와 냉기, 마기가 침범하지 못하는 신체로 바뀐다.

당연히 저런 불길은 가뿐히 무시해도 되는 신체라는 소리였다.

그런 신체를 지닌 자들이 지금 뜨거움에 고통을 호소하고 있었다.

"내가 만든 불길을 버틴 자는 세상에 단 한 명뿐이다. 네놈들 같은 잔챙이들이 버틸 수 있는 불길이 아니지."

"네놈이 무슨 레드 드래곤이라도 된단 말이냐! 신의 가호를 뚫고 우리에게 피해를 주는 불길을 만들 수 있는 존재는 오직 세상에 레드 드래곤밖에 없다!"

베야노의 말에 아더가 아까보다 더욱더 진한 미소를 지으며 눈빛을 보냈다.

그 모습에 베야노는 심장이 철렁하는 기분을 느끼며 자신이 생각하는 것이 제발 아니길 바라며 간신히 입을 열었다.

"서, 설마……. 아, 아니지? 아, 아니지……요?"

"뭐가?"

"그, 그게…… 레, 레드 드래……곤…….”

조심스럽게 눈치를 살피며 묻는 베야노에게 아더의 대답은 그를 크게 경악시켰다.

"이곳은 내 레어다. 네놈들은 나의 레어에 침입한 것이고. 이제 대답이 되었느냐?"

레어.

지금 아더는 이곳이 자신의 레어라고 말하고 있었다.

그것은 곧 확신이었다.

'캐스팅 없이 전개한 마법에……. 우리 애들에게 타격을 주는 불길……. 거기에 이곳이 자신의 레어라고…….'

표정이 급격히 어두워진 베야노는 조금씩 뒷걸음질을 치기 시작했다.

드래곤은 신의 대리자였다.

자신 같은 인간이 상대할 수 있는 존재가 아니었다.

"저, 정말로 위, 위대하신 분이십니까?"

베야노가 다시 한번 확인을 위해 묻자 아더가 자신의 드래곤 피어를 사방에 뿜어내기 시작했다.

"크윽!"

엄청난 고통이 베야노의 온몸을 덮쳤다.

"더 보여 줘야 하나? 본신이라도 현신해야 믿을까? 내가 본신으로 현신하면 네놈을 이곳으로 보낸 신성 제국도 세상에서 지워 버리겠다."

아더의 말에 안색이 새파랗게 질린 베야노는 재빨리 바닥에 엎드렸다.

"요, 용서를! 제, 제 목을 원하신다면 바치겠습니다. 부디, 제국은 아무 잘못이 없으니 자비를 베풀어 주십시오!"

"제국이 잘못이 없는지 어찌 알지?"

"위대하신 분의 심기를 어지럽힌 것은 저입니다! 그러니 부디 저의 목숨으로 분노를 가라앉혀 주시길 간곡히 부탁드립니다."

베야노가 간절한 모습으로 엎드린 채 아더에게 간청했고 그런 베야노를 따라 성휘 기사단 역시 일제히 무릎을 꿇으며 용서를 구했다.

"저희의 목숨으로 부디 노여움을 거두어 주시길 간청합니다!"

그런 그들을 오만한 눈빛으로 내려다보던 아더의 곁으로 레이어가 다가왔다.

레이어가 다가오자 아더가 물었다.

"어찌해 줄까? 네가 원하는 대로 해 주마."

"아, 아더 님……."

아더의 말에 베야노와 성휘 기사단은 움찔하며 두 눈을 질끈 감았다.

베야노는 텔레파시를 자신의 수하들에게 보냈다.

─만약 드래곤이 용서를 하지 않고 제국을 공격하겠다고 한다면 우리는 이곳에서 반드시 그를 막아야 한다. 다들 각오 단단히 해라!

베야노의 텔레파시를 받은 기사단은 이내 결연한 눈빛으로 고개를 끄덕였다.

상대가 안 될지 몰라도 자신들이 할 수 있는 최선을 택해야 했기 때문이었다.

그들의 결연한 눈빛을 본 아더가 피식 웃으며 말했다.

"왜? 내가 용서 안 한다고 하면 떼거리로 덤비려고?"

아더의 말에 베야노와 성휘 기사단이 다시 움찔했다.

바른 생활만 해 와서인지 거짓에 서투른 모양이었다.

"그런 표정을 대놓고 지으면서 내가 모를 거라 생각한 것은 아니지? 그렇지?"

아더는 이들이 재밌었다.

신선한 인간들이었다.

그래도 기어오를지도 모르니 압도적인 힘을 보여 주는 편이 앞으로 이들을 다루기 편하리라 생각했다.

"크큭, 오냐. 나의 진정한 모습을 보고도 그런 마음가짐을 유지한다면 인정해 주지."

쩌저적-!

말이 끝남과 동시에 아더의 옷이 찢어지며 몸이 점차 변해 가기 시작했다.

피부가 붉게 변하면서 순식간에 본체로 변신한 아더가 살기 가득한 얼굴로 자신을 바라보는 성휘 기사단을 내려다보며 말했다.

"크크크, 간만에 본체로 변해 보는군."

본체로 변한 아더는 정말 산이 눈앞에 나타난 것처럼 거대했다.

거기에 본체화하면서 자연스럽게 사방으로 뿌려지는 드래곤 피어가 베야노와 성휘 기사단을 경직되게 만들었다.

포식자를 만난 초식동물처럼 몸이 굳어 버린 것이다.

그나마 이 중에서 가장 강한 베야노만이 간신히 정신을 추스르고 움직일 뿐이었다.

베야노는 드래곤이라는 존재를 처음 만났다.

그는 항상 생각했다.

위대한 존재이며, 두렵고 언제나 경배해야 하는 존재라고. 말만 들었지, 실제로는 본 적이 없었기에 과장이 많이 섞여 있으리라 생각했다.

그래서 조금 전에 수하들에게 목숨을 걸고 막자고 제안했었던 거고, 그것이 어느 정도는 통하리라고 생각했다.

하지만 본체로 변신한 아더를 보니 그 생각이 싹 날아가 버렸다.

이건 인간의 영역으로 어찌할 수 있는 생물이 아니었다.

거대해진 몸으로 그저 서 있기만 했을 뿐인데도 아더의 몸에서 뿜어져 나오는 엄청난 기세에 모든 의욕이 사라졌다.

아무리 계산을 해 봐도 자신들이 저 괴물을 이길 수 있는 확률은 없었다.

'이건…… 소문이나 전해 내려오는 이야기와는 차원이 다르다. 이, 이런 괴물을 상대한다고?'

이제야 왜 세상이 드래곤이라고 하면 쩔쩔매며 두려워하는지 절실하게 깨달은 베야노였다.

자신들이 목숨을 걸고 막는다고 막을 수 있는 그런 존재가 아니었다.

그런 베야노의 심정을 아는지 모르는지 아더가 입가에 기운을 집중하기 시작했다.

살이 떨려 올 만큼 거대한 기운이 한곳으로 집중되자 베야노를 비롯해 그곳에 있는 이들이 모두 두려운 표정으로 이를 딱딱 부딪치며 그 장면을 바라보고 있었다.

저것이 자신들의 제국의 교황이 있는 곳으로 날아간다면 절대로 막지 못할 것이라 생각했다.

한참을 입가에 기운을 모으던 아더가 하늘을 향해 그 기운을 뿜어냈다.

말로만 듣던 드래곤 브레스였다.

쿠와와와와─!

하늘 위로 뿜어진 브레스는 하늘을 덮고 있던 먹구름을 모조리 날려 버리고 끝도 없는 우주로 날아가 사라졌다.

이 엄청난 광경을 실제로 목격한 베야노와 성휘 기사단은 입이 떡 벌어진 채로 경악한 채 그대로 굳어 버렸다.

경악하고 있는 모습에 만족한 아더는 미소를 지으며 인간의 모습으로 다시 폴리모프했다.

"말 잘 들어라. 안 그러면 알지?"

아더의 으름장에 베야노와 성휘 기사단의 고개가 격렬하게 끄덕여졌다.

"말로 해야지."

"네! 알겠습니다!"

⊱⸺⊰

아더의 엄청난 모습을 보고 알아서 항복한 성휘 기사단은 아더를 따라 성안으로 들어왔다.

성안으로 들어온 그들은 더는 자신들을 놀라게 할 일이 없을 줄 알았다.

하지만 그것은 커다란 오산이었다.

성안에는 무려 마족이 자리 잡고 있었다.

본능적으로 공격할 뻔했지만 아더의 눈빛에 슬그머니 다시 무기를 집어넣었다.

그래도 그들의 눈빛은 마족을 바라보며 이글거리고 있었다.

마족 역시 성휘 기사단을 이글거리는 눈빛으로 바라보고 있었지만, 역시나 아더의 눈빛에 움찔하면서도 덤비지는 않았다.

그 모습에 베야노와 성휘 기사단은 생각했다.

'과연, 중간계의 조율자구나. 마족과 흑마법사가 인간 세상을 혼란스럽게 하기 전에 미리 제압해서 이 성에 잡아 둔 것이구나.'

그렇게 생각하며 고개를 끄덕이고 있을 때였다.

"이놈들이냐?"

어디선가 들려오는 인간의 목소리.

베야노와 성휘 기사단의 고개가 일제히 소리가 들려온 곳으로 자연스럽게 돌아갔다.

2층 난간에 서서 뒷짐을 진 채 아래를 내려다보는 젊은 청년이 눈에 들어왔다.

이들은 정신이 아찔해졌다.

저자는 아더의 정체를 모르는 것인가? 아니면 정신이 나간 것인가?

하지만 그 뒤에 일어난 아더의 행동에 다시 경악하며 두 눈만 껌벅거렸다.

"그렇습니다! 주인의 명대로 모조리 제압해서 데리고 왔습니다."

주인이란다.

말도 안 되는 무력을 자신들에게 보여 준 최강의 종족의 입에서 주인이라는 단어가 나왔다.

그것도 인간을 상대로 말이다.

이쯤 되자 베야노와 성휘 기사단은 의심하기 시작했다.

'서, 설마, 대마왕이 인간의 모습으로 내려온 것인가?'

말도 안 되는 상상이지만 그렇게 생각할 수밖에 없는 이유는 인간이 드래곤을 수하로 부린다는 것은 상상조차 할 수 없는 일이었기 때문이었다.

이를 뒷받침이나 하듯이 마족과 흑마법사 역시 한쪽 무릎을 꿇고 저 청년에게 모든 예를 다하고 있었다.

'저, 정말 대마왕이 세상에 내려온 것인가?'

등 뒤로 식은땀이 흘러내리기 시작했다.

대마왕도 대마왕이지만 아더의 위력을 본 그들은 절망감에 빠져들고 있었다.

'드래곤을 수하로 부리는 대마왕이라니……. 저걸 어찌 막는단 말인가.'

좌절하는 표정으로 고개를 숙이자 젊은 남자, 영웅이 천천히 계단을 내려오며 입을 열었다.

"그대들은 누구지?"

영웅의 질문에 베야노는 잠시 머뭇거리다가 대답했다.

"시, 신성 제국의 기사단인 성휘 기사단입니다. 저, 저는 이들을 이끄는 기사단장 베야노라고 합니다."

"신성 제국이라."

영웅의 중얼거림에 레이어가 재빨리 그에 대한 설명을 시작했다.

"원래는 세인트 왕국이었습니다. 어느 날 신의 계시가 이 나라에 내려졌고 그 후로 신성력을 사용하는 사람들이 이 나라에서 탄생하기 시작했습니다. 그들의 영향력은 점차 커졌고, 나라의 크기는 작지만 모든 세상에 영향력을 끼치고 있기에 왕국이 아닌 제국이 되었습니다. 지금은 세인트 신성 제국이라 칭해지고 있고 사람들은 그냥 신성 제국이라 부르고 있습니다."

"신의 계시라."

영웅은 그렇게 중얼거리며 성휘 기사단을 바라보았다.

"일단 나는 아니야."

영웅의 말에 베야노와 성휘 기사단은 고개를 갸웃거렸다.

뜬금없이 저게 무슨 소리란 말인가.

갑자기 자신은 아니라니.

하지만 옆에 있던 레이어가 하는 소리에 이들은 다시 경악하고 말았다.

"그럼 다른 신이 계시를 내린 듯합니다."

"그런가? 누구지? 만나 보고 싶네."

이곳에서는 철저하게 신이 되기로 마음먹었으니 신 행세를 아주 능청스럽게 하는 영웅과, 그것을 또 철석같이 믿고 있는 레이어였다.

"나도 신인데……."

화악-!

영웅의 말에 베야노와 성휘 기사단의 동공이 흔들렸다.

자신도 신이라고 말하는 그의 몸에서 지금까지 한 번도 느껴 보지 못했던 엄청난 양의 신성력이 뿜어져 나오고 있었다.

제국 최고의 신성력을 자랑하는 교황도 저 정도는 아니었다.

몸 자체가 저절로 정화되는 짜릿한 기분에 자신들도 모르게 그 기운에 몸을 맡기고 눈을 감을 정도였다.

'아아! 저, 저분은 정말이다. 마, 마왕 따위가 아니었어. 이, 이렇게 깨끗하고 순수한 신성력이라니…….'

베야노는 눈물을 흘리고 있었다.

자신이 정말로 모셔야 할 분을 만난 기분이 이런 것일까?

지금까지 한 번도 느껴 보지 못했던 포근함을 만끽하고 있었다.

"이제 좀 믿어지나?"

영웅은 자신의 신성력을 거두며 물었다.

하지만 대답하는 이는 아무도 없었다.

아직도 황홀함에 빠져 몽롱한 얼굴로 선 채 멍하니 있었다.

그러다가 정신을 차린 베야노와 성휘 기사단은 믿기지 않는 표정으로 영웅을 바라보았다.

그런 그들에게 영웅이 웃으며 말했다.

"나를 믿으라고는 강요하지 않는다. 각자 모시는 신이 있을 테니. 다만, 저 아이들은 나의 아이들이니 앞으로는 조심해 주었으면 좋겠다."

영웅은 성안에 있는 사람들을 가리키며 말했다.

그런데 베야노의 입에서 대답에 나오질 않았다.

영웅이 고개를 갸웃거리며 물었다.

"뭐지? 나의 제안이 마음에 들지 않는가?"

영웅의 물음에 베야노의 몸이 천천히 바닥으로 무너져 내리기 시작했다. 무릎이 부서지는 것이 아닌가 싶은 정도로 꿇은 그가 눈물을 흘리며 떨리는 목소리로 입을 열었다.

쿵—!

"저, 저 역시 추, 충실한 종이 되고 싶습니다. 받아 주십시오!"

베야노를 시작으로 뒤에 있던 성휘 기사단 전체가 그를 따라 무릎을 꿇으며 이구동성으로 외쳤다.

"받아 주십시오!"

이 모습에 가장 놀란 것은 레이어였다.

컨버전나이트 베야노, 그가 누구인가.

그가 따르는 종교는 크루나투교였다.

대륙에서 가장 영향력이 크고 뛰어난 종교가 바로 크루나투교였다.

베야노는 바로 그 크루나투교의 가장 충실한 신자였고, 크루나투교를 믿지 않는 자들을 개종시키는 역할을 가장 열성적으로 했다.

오죽했으면 컨버전나이트라는 이름이 그에게 붙었을까.

크루나투교의 광신도로 유명한 그와 역시 광신도로 이루어진 성휘 기사단 전체가 지금 영웅을 따르겠다고 선언하고 있다.

언제나 다른 이들을 개종하고 다니던 그들이 앞장서서 영웅을 믿겠다고 선언하며 자체 개종을 하고 있으니 놀랄 수밖에 없었다.

레이어는 몰랐다.

영웅이 뿌리는 신성력은 일반적인 신성력과는 그 성질이 조금 다르다는 걸.

평범한 신성력이 말 그대로 신성한 기운으로 그 사람을 정화하거나 치유하는 힘이라면, 영웅의 신성력은 자신을 따르게 만드는 기운이 섞여 있었다.

그래서 영웅에게 당한 이들은 하나같이 무언가에 홀린 듯이 영웅을 따르고 그를 주인으로 인식해서 모시는 것이었다.

문제는 아직 영웅은 이런 힘의 존재를 모르고 있다는 점이었다.

자신이 마음만 먹으면 이 세상에 모든 이들을 따르게 만들 수 있는 힘이 있다는 사실을 말이다.

다만, 영웅은 다른 것을 느끼고 있었다.

'뭐지? 지금 살짝 기운이 더 강해진 기분이 드는데?'

자신을 따르는 무리가 늘어남에 따라 자신이 가진 힘이 조금씩 강해지는 것을 느끼고 있었다.

'에이, 설마 아니겠지.'

설마 자신을 믿고 따르는 자가 늘어나면 날수록 힘이 강해지겠는가.

말도 안 되는 상상이라 생각하고는 고개를 저었다.

자신의 앞에 있는 성휘 기사단을 받아들이면서 벨리 마운틴 성은 점차 성다운 성으로 변해 가고 있었다.

⊱────⊰

영웅에게 복종하고 성으로 복귀한 란티드 후작은 복귀하자마자 황태자를 찾아갔다.

"오! 어서 오시오! 어찌 되었소? 내 동생은 무사한 것이오?"

황태자는 란티드를 보자마자 격하게 반기며 가장 궁금했던 것들을 물어보기 바빴다.

황태자의 질문에 란티드가 환한 미소를 지으며 대답해 주었다.

"그렇습니다. 삼 황자님께서는 아무런 탈 없이 잘 지내고 계셨사옵니다."

"그래요? 하아……. 정말 다행입니다. 그런데 왜 연락이 끊겼었답니까?"

"갑작스러운 몬스터들의 습격으로 인해 정신이 없었던 모양입니다. 다행히 몬스터는 퇴치했고 지금은 다시 평온하게 지내고 계십니다."

"허어, 아니 동생을 보내기 전에 그 지역에 있는 몬스터들은 모조리 토벌을 했을 텐데……."

"아마도 다른 지역에서 넘어온 무리가 아닐까 합니다. 신이 확인한 바로는 벨리 마운틴에서 살던 몬스터가 아니었습니다."

"하긴, 몬스터가 그곳에만 사는 것도 아니고……. 그래도 천만다행이군요."

"철사자단과 은빛 기사단이 그곳을 철통같이 지키고 있습니다. 너무 걱정하지 않으셔도 될 것 같습니다."

란티드의 말에 황태자는 그제야 안심이 된다는 표정으로 굳었던 얼굴을 풀고 란티드에게 자리를 권했다.

"이런! 내 정신 좀 보세요. 고생하셨습니다. 자 자, 일단 앉으세요. 오늘은 저와 함께 밤새도록 술을 마시며 동생에 대한 소식을 좀 전해 주시길 바랍니다."

"하하, 알겠습니다. 전하."

"하하하, 좋습니다. 여봐라! 여기 술상을 올리도록 하여라."

황태자는 시종들에게 명령을 내리고는 란티드의 맞은편에 앉아 궁금했던 점들을 물었다.

"그래, 동생 놈은 사고 안 치고 잘 지내는 것 같습니까? 서신으로만 소식을 받을 때는 형식적으로만 보내서 말입니다."

"네, 처음은 어쨌는지 모르겠으나 지금은 적응을 잘하셨는지 생각 외로 밝은 모습으로 지내고 계셨습니다. 또한, 철사자단과 은빛 기사단과도 사이좋게 지내고 계셨습니다."

"허, 그놈이요? 이제는 정신을 좀 차렸나?"

"신의 생각에는 그런 것 같사옵니다."

"제발 그랬으면 좋겠군요. 란티드 후작이 방문해서 연기하거나 한 것은 아닐까요?"

"하하, 아무리 연기를 했다고 해도 그곳을 지키는 자들은 평범한 자들이 아닙니다. 거기에 철사자단이 삼 황자께서 눈속임을 하자고 꼬드긴다고 넘어갈 사람들입니까?"

"하긴, 그자들은 아버님 명령만 듣는 자들이니……. 융통성이라고는 눈곱만큼도 없는 자들이지요."

"그렇습니다. 그러니 제가 본 것은 틀림없는 사실이 맞습니다."

"그것이 정말이라면 이 기쁜 소식을 당장 황제 폐하께 전해야겠습니다."

황태자가 정말로 기쁜 표정으로 말하자 란티드는 살짝 찔리는 기분이 들었다.

'그래도 틀린 것은 아니지. 그분께서 밝아지시고 철사자단과 은빛 기사단이 열성적으로 그분을 따르고 있으니.'

자신이 한 말에 거짓은 없었다.

다만, 말하는 내용과 그곳의 상황은 천지 차이라는 점이 달랐을 뿐이다.

ꠕ

다음 날.

황태자는 아침 문안 인사를 드리기 위해 황제가 있는 곳으로 향했다.

문안 인사를 하러 가는 황태자의 얼굴에는 기쁨이 가득했다.

"황태자 전하, 오늘은 기분이 무척 좋으신 모양입니다."

"하하하, 그렇게 보이느냐? 맞다. 오늘은 기분이 아주 좋구나. 어제 정말로 기쁜 소식을 들었거든."

"그렇습니까? 경하드리옵니다."

시종의 축하에 연신 함박웃음을 지으며 성큼성큼 걸어 나가는 황태자였다.

잠시 후, 황제가 머무는 방에 멈춰 서자 그 앞을 지키던 시종이 큰 소리로 황태자가 온 것을 알렸다.

"폐하! 황태자 전하께서 문안 인사를 오셨사옵니다!"

"들라 하여라."

"예이! 들어가시옵소서, 황태자 전하."

시종이 천천히 황제가 기거하는 방문을 열자 황태자는 기다렸다는 듯이 고개를 끄덕이고는 안으로 들어갔다.

"폐하, 아침 문안드리옵니다."

"허허허. 오냐, 우리 황태자도 좋은 아침이구나."

"그러하옵니다. 폐하."

"어디 보자. 오늘따라 우리 황태자의 표정이 아주 좋구나. 무슨 일이 있는 것이냐?"

황제의 말에 황태자가 고개를 끄덕이며 답했다.

"그러하옵니다. 실은 어제 삼 황자의 소식을 들었사옵니다."

삼 황자의 소식이라는 말에 환한 표정을 짓고 있던 황제의 얼굴이 굳었다.

"삼 황자? 막내 말이더냐?"

"그러하옵니다."

"쯧쯧, 아직도 그놈을 생각하는 것이냐? 다시 불러들일 생각이 없다고 내 분명히 말하였다."

"아, 아니옵니다. 그저 어제 삼 황자에 대한 소식이 희소식이기에 폐하께 전하려 한 것이옵니다."

"희소식이라……. 그놈에 관한 희소식은 무소식이다."

"폐하, 실은 소자가 란디트 후작께 부탁을 드려 삼 황자의 동태를 살피고 오게 하였습니다."

"란티드 후작에게? 어찌하여 그런 부탁을 했단 말이냐?"

"삼 황자에게 항시 날아오던 소식이 갑작스럽게 끊겼기에 그 이유를 알기 위해 부탁을 드렸었습니다."

"연락이 끊겼었다고? 여봐라! 철사자단 단장을 당장 오라 일러라!"

황제는 금시초문이라는 표정을 지으며 밖에 있는 시종에게 외쳤다.

자신의 생각과는 달리 황제의 표정이 심각하게 군자 황태자는 자신이 말을 잘못했음을 깨달았다.

황제가 당연히 알고 있을 거라고 전한 것이었는데 황제는 금시초문인 듯, 화난 얼굴로 철사자단의 단장을 호출한 것이다.

"태자는 잠시 그대로 있어라. 단장이 오면 그때 다시 이야기하자꾸나."

잠시 후, 철사자단의 단장이 헐레벌떡 달려와 황제의 앞에 부복하며 외쳤다.

"신 철사자단 단장 푸켈 알론소! 황제 폐하의 부르심에 이렇게 달려왔사옵니다."

단장이 황제 앞에 부복하며 외치자 황제는 그를 지그시 바라보면서 입을 열었다.

"나에게 전할 말이 없더냐?"

황제의 말에 단장은 영문을 모르겠다는 표정을 지으며 말했다.

"폐, 폐하. 무슨 말씀이신지 모르겠사옵니다."

"삼 황자. 소식이 끊겼었다는데?"

황제의 말에 단장은 그제야 황제가 왜 자신을 불렀는지 깨닫고는 머리를 바닥으로 박았다.

쿵쿵-!

"그, 그렇사옵니다!"

"그런데 왜 그 사실을 나에게 전하지 않았지?"

"며, 며칠 더 두고 보았다가 보고를 하려 했사옵니다. 그곳에 있는 철사자단에게 문제가 생겼다면 위험을 알리는 수정 구슬이 즉시 반응을 했을 것입니다. 수정 구슬은 반응이 없었기에 그저 착오가 생긴 것으로 판단하고 며칠 더 두고 보기로 한 것입니다."

"정말이냐?"

"저, 정말이옵니다!"

단장의 말에도 일리가 있었다.

그곳으로 파견한 철사자단에 위기가 온다면 위험을 황성에 알리는 수정 구슬이 즉시 깨졌을 것이다.

그래야 곧바로 대응을 할 수 있을 테니까.

하지만 연락만 오지 않고 수정 구슬은 별 반응이 없으니 자신이라 해도 조금 더 지켜보라고 명했을 것이다.

"다음부터는 이런 사소한 것이라도 보고하거라. 다른 이도 아니고 내 자식 놈과 관련된 사항이 아니더냐. 비록 내놓기는 했어도 내 자식이다."

"며, 명 받드옵니다!"

"되었다. 이만 물러가 보거라."

단장을 내보내고 다시 황태자와 이야기를 시작하는 황제였다.

"하긴, 태자가 밝은 표정으로 들어왔으니 큰일은 아니었을 텐데 내가 아침부터 너무 과한 반응을 보였군."

"아니옵니다, 폐하."

"말썽꾸러기에 상종 못 할 놈이어도 내 자식이다. 그리 생각하니 나도 모르게 과했나 보다."

"저에게도 동생이옵니다. 그런 반응은 당연한 것입니다."

황태자의 말에 황제는 미소를 지었다.

"우리 태자가 이리도 형제를 생각하는 기특한 마음을 가지고 있다니. 허허허, 우리 태자는 성군이 될 것이야. 암!"

"과, 과찬이십니다."

"녀석…… . 이런 실없는 이야기는 그만하고. 자, 말해 보아라. 막내 놈은 어찌 지내고 있다더냐?"

황제는 그제야 정말로 궁금했던 것을 물었다.

황태자는 자신이 들은 정보를 모조리 황제에게 말해 주었다.

"허어, 그놈이 정말로 그렇게 변했다고?"

"그렇습니다. 후작이 말하기로는 완전히 다른 사람이 되어 있다고 합니다."

"정말로 정신을 차린 것인가?"

"후작 말로는 철사자단과 은빛 기사단과도 사이좋게 지내고 있다고 했습니다."

"은빛 기사단이야 그렇다 쳐도 철사자단 놈들이? 삼 황자와 잘 지내고 있다고? 그곳으로 파견 보낼 땐 세상 다 산 표정으로 아주 내 앞에서 대놓고 싫은 표정을 지어 보이던 놈들인데?"

황제가 놀란 얼굴을 지었다.

황태자의 말이 사실이라면 정말로 정신을 차리고 이제야 황자다운 모습을 보이는 것이 아닌가.

"네 말이 정말이고 그것이 꾸준히 지속된다면 머지않아 황궁으로 다시 불러도 될 것 같구나."

"그러셔야 합니다. 벨리 마운틴 성은 황자가 살기에는 너무도 척박한 땅이옵니다."

"허허허, 오냐. 녀석, 동생 걱정은 아주 끔찍하게도 하는 구나. 이 아비 걱정을 좀 그렇게 해 보아라."

"그, 그게 어, 언제나 저의 첫 번째는 아, 아바마마십니 다!"

"녀석 놀라긴, 허허허. 농이다, 이놈아. 되었다. 아침이나 같이 먹자꾸나."

영웅은 레이어가 가져온 서류들을 바라보고 있었다.

"흠, 그러니까 이들이 전부 한 용병단을 하고 있다고?"

"그렇습니다. 주군께서 찾고 계시는 자들은 전부 한 용병 단의 일행들이었습니다."

"거참, 우연인가? 아니면, 자신들도 모르게 모인 것인가? 뭐, 덕분에 나는 찾기가 수월해서 좋기는 한데."

"이들은 왜 찾으시는 것인지……. 용병이 필요하시면 제 가 아는 유명한 놈들이 있습니다. 여기에 나와 있는 자들은 특급 용병들이라 비용이 아주 비싸고 의뢰하기도 까다롭습 니다."

레이어는 영웅이 이들을 찾는 이유가 그저 용병이 필요해 서라고 생각했다.

"아니야. 내기할까? 이들은 내 한마디에 뒤도 안 돌아보고 여기로 달려올걸. 그것도 여섯 명 전부."

"설마요. 이들은 자존심도 강하고 깐깐하기로 소문난 자들입니다."

레이어의 말에 영웅이 무언가를 내밀었다.

특이하게 생긴 목걸이였다.

"이것을 그들에게 건네고 나를 찾아오라고 전해. 그럼 뒤도 안 돌아보고 달려올 거야."

레이어는 목걸이를 받아 들고는 유심히 그것을 살피다가 이내 고개를 끄덕였다.

"알겠습니다."

"아, 전할 때 이 말도 전하면 더 확실하게 반응할 거야. 화이트 웜홀, 돌아가는 웜홀을 찾았다고 말이야. 그리고 의뢰자는 아몬드라고 전해."

"알겠습니다. 그럼 지금 당장 출발하겠습니다."

"그들이 어디에 있는지 알아?"

"네, 이미 소재지는 모두 파악해 두었고 그들이 있는 곳의 좌표까지 준비해 두었습니다. 언제든지 텔레포트로 이동 가능합니다."

레이어의 말에 영웅은 흡족한 표정으로 고개를 끄덕였다.

생각보다 일이 쉽게 풀리고 있었다.

"그럼 부탁해."

"알겠습니다!"

영웅의 말에 레이어는 고개를 끄덕이고 이들 용병단이 있는 곳으로 텔레포트를 했다.

텔레포트를 이용해서 의뢰하러 오는 자들도 많았기에 아예 텔레포트 전용 좌표를 세상에 뿌려 두었고 레이어는 그 좌표로 순간 이동을 한 것이다.

레이어가 찾아간 이들은 현세에서 온 유럽 각성자 연합의 각성자들이었다.

전부 SSS급 이상의 각성자들이라 원래부터 강했던 이들이기에 이곳에서도 그 능력을 인정받았고 그들을 모셔 가려는 국가가 많았다. 하지만 자신들은 돌아가야 할 웜홀을 찾는다면 언제든 돌아가야 했기에 전부 거절했다.

그렇게 웜홀을 찾아 여행하던 중에 같은 처지의 동료들은 하나둘씩 만났고 그들은 이곳에서 일단 생활을 해야 했기에 가끔가다 의뢰를 받아 용병 일을 했다.

그들은 반드시 집으로 돌아가겠다는 간절한 염원을 담아 고홈(Go home) 용병단이라 이름을 지었다.

고홈 용병단이 자리를 잡은 곳은 동대륙 카쉬 제국의 영역이었다.

카쉬 제국의 문화는 현세에 존재했던 오스만 제국과 비슷한 문화를 지닌 제국이었다.

칼빈 제국과 국경을 맞대고 있어서인지 오랫동안 칼빈 제국과는 앙숙 관계였다.

언제나 칼빈 제국을 넘어서기 위해 노력을 하지만 항상 칼빈 제국에 밀려 만년 이인자 위치에 자리하고 있었다.

그러던 차에 고홈 용병단의 등장은 카쉬 제국에게 있어 가뭄의 단비 같은 존재였다.

카쉬 제국은 그들에게 정성을 다했다.

그들이 원하는 것은 무엇이든지 들어주었고 그들이 용병 생활을 하는 데 조금의 어려움도 없도록 많은 지원을 해 주었다.

제국의 모든 일은 고홈 용병단에게 1순위로 주어졌고 그들이 의뢰를 완료하면 막대한 포상금을 주었다.

그러다 보니 말이 좋아 용병단이지 사실상 카쉬 제국의 히든카드 같은 존재가 된 것이다.

물론 다른 나라에서 의뢰를 안 하는 것은 아니었지만, 고홈 용병단도 될 수 있으면 카쉬 제국 의뢰를 먼저 받아 주었다.

그렇게 해서라도 언제 원래 세계로 돌아갈지 기약도 없는 판에 자신들이 편히 지낼 수 있는 공간과 부족함 없는 지원을 해 주는 카쉬 제국에 보답을 하는 것이다.

한마디로 그들과 카쉬 제국은 공생 관계를 형성하고 있었다.

카쉬 제국과 고홈 용병단의 관계가 세상에 알려지고 난 뒤로는 텔레포트를 이용해서 의뢰하는 이들이 많이 줄어들었고 지금은 거의 사용되지 않고 있었다.

그런데 오늘 그 텔레포트를 이용해서 의뢰하러 온 자가 등장했다.

"하하, 어서 오십시오. 고홈 용병단입니다."

텔레포트 관리자는 간만에 텔레포트를 이용해서 온 의뢰자가 반가운지 살가운 표정으로 나타난 의뢰인을 반겼다.

텔레포트를 이용해서 등장한 사람은 바로 레이어였다.

"자 자, 고객님. 이쪽으로 오시겠습니까? 접객실로 안내해 드리겠습니다."

두리번거리는 레이어에게 상냥한 말투로 안내하는 관리자였다.

"아아, 나는 의뢰를 하러 온 것이 아니네. 고홈 용병단장에게 전해 줄 것이 있어서 왔다네."

레이어의 말에 관리자가 고개를 갸웃거리며 물었다.

"저희 단장님께요?"

"그렇다네. 직접 만나고 싶은데 자리를 좀 만들어 주게."

"글쎄요. 단장님은 아무나 만나시지 않습니다. 황제가 애걸복걸해도 움직이지 않는 분이시라⋯⋯."

"소문은 들어서 알고 있네. 이것을 전해 주게. 그럼 나를 만나러 올 테니."

레이어가 목걸이 하나를 건네자 관리자는 그 목걸이를 이리저리 살펴보고는 고개를 끄덕였다.

"알겠습니다. 일단은 접객실로 안내해 드리고 이걸 전해 드리겠습니다."

관리자의 말에 레이어가 고개를 끄덕이고는 그를 따라나섰다.

관리자는 레이어를 접객실에 안내하고는 곧바로 단장이 있는 방으로 달려갔다.

똑똑똑-!

노크를 하고 방 안으로 들어가자 수염이 덥수룩하게 자란 남자가 아무렇게나 널브러져 술을 마시고 있었다.

"크으! 뭐야?"

"단장님, 단장님을 찾아온 손님이 계십니다."

"돌려보내! 지금은 누굴 만나고 싶은 기분이 아니야."

"그가 이것을 전해 드리면 생각이 바뀔 것이라고 말했습니다."

"나에게 전해 줄 것이 있다고?"

단장은 고개를 갸웃거리며 관리자가 내민 목걸이를 받아 들었다.

단장은 목걸이를 받아 들고 잠시 살펴보더니 놀란 표정으로 손에 들고 있던 술병을 떨어뜨리며 벌떡 일어났다.

쨍그랑-!

술병이 깨져 바닥이 흥건하게 젖어 가고 있었지만, 단장은 아랑곳하지 않고 부들부들 떨리는 손으로 목걸이를 더 자세히 보고 있었다.

"이, 이것을 전해 준 자는 어, 어디에 있느냐?"

"접객실에 모셔 두었습니······."

콰쾅–!

말이 끝나기가 무섭게 자신의 방문을 박살 내며 달려가는 단장이었다.

"정말이네. 저 목걸이가 무엇이길래······. 하늘이 무너져도 꿈쩍을 안 하던 단장을 움직이게 만든 거지?"

호기심 가득한 눈으로 서둘러 접객실로 따라 달려가는 관리자였다.

⎯⎯

쾅–!

접객실 문이 박살 나면서 상기된 얼굴의 단장이 모습을 드러냈다.

"깜짝이야."

레이어는 차를 마시다가 깜짝 놀라서 차를 떨어뜨렸다.

"너 누구냐!"

다짜고짜 레이어를 보더니, 누구냐고 외치는 단장이었다.

"일단 진정을 좀 하고······."

"내가 아는 자 중에 너처럼 생긴 놈은 없었다! 누구냐! 바른대로 말해라! 이것은 어디서 났느냐!"

막무가내였다.

"야! 나도 말 좀 하자!"

결국, 폭발한 레이어가 크게 소리쳤다.

레이어의 호통에 순간 움찔하며 입을 다문 단장이었다.

"아! 진짜! 여긴 손님 대접을 이따위로 하나? 나 그냥 갈까? 응?"

레이어의 한마디에 전세가 역전되었다.

"아, 아니. 나, 나는 그냥……. 미, 미안하오."

단장이 사과하자 레이어도 살짝 누그러진 말투로 말했다.

"진정 좀 하시오. 이래서야 대화를 제대로 나눌 수 있겠소?"

레이어의 말에 단장은 고개를 끄덕이고는 자리에 앉았다.

"내가 너무 놀라서 그랬소. 다시 한번 사과하오. 사과할테니 제발 이 목걸이가 어디서 났는지 말해 주겠소?"

단장은 애절한 목소리로 레이어에게 말했다.

"아몬드라는 분이 보냈다고 전하라고 하시더군요."

"아, 아몬드! 그, 그것이 저, 정말이오?"

"그렇소. 아! 화이트 웜홀? 돌아가는 웜홀? 아무튼, 그것도 찾았다고 전하라고 하셨소."

벌떡-!

레이어의 말에 단장이 자리에서 벌떡 일어나 부들부들 떨었다.

그리고 떨리는 목소리로 물었다.

"저, 정말이오? 저, 정말로…… 워, 웜홀을 찾았다는 말이오?"

"나도 자세한 것은 모르오. 단지, 그렇게 전해 달라고 했기에 이리 온 것이오."

"이것을 전해 준 당사자를 당장 만나야겠소. 안내해 주시겠소?"

단장의 말에 레이어가 고개를 끄덕였다.

"물론이오. 혼자 가시겠소?"

레이어의 말에 단장은 잠시 고민했다.

함정일 확률을 생각한 것이다.

'함정인가? 아니야. 저자는 분명히 아몬드라고 말했어. 아몬드를 아는 자는 이곳 세상에 오직 우리밖에 없다. 거기에…… 웜홀은 확실하다.'

단장은 결심했는지 고개를 끄덕이고는 말했다.

"일단은 내가 가서 직접 확인을 하겠소."

"그렇게 하시오. 지금 가시겠소?"

"그렇게 해 주시겠소? 내 이렇게 부탁하리다."

지금 당장 가겠느냐는 레이어의 물음에 단장이 격하게 고개를 끄덕이며 답했다.

한편, 뒤에서 이것을 지켜보던 관리자는 놀란 얼굴을 하고 있었다.

'세상에 단장이 저렇게 쩔쩔매다니. 정말로 단장과 연관이 있는 자였던가?'

놀란 얼굴로 상황을 살피던 관리자는 단장과 눈이 마주쳤다.

"너 거기 있었구나. 마침 잘되었다. 나는 이자를 따라 어디를 좀 다녀올 테니 부단장에게 잠시 용병단을 맡으라고 전해라. 좋은 소식 가지고 돌아오겠다고도 전해 주고."

"다, 단장님! 그렇게 갑자기 가 버리시면 어찌합니까!"

관리자가 단장을 말리려고 할 때 레이어가 외쳤다.

"갑시다. 텔레포트!"

슈팍-!

"다, 단장님!"

애타게 불러 봤지만 이미 단장은 사라지고 난 뒤였다.

"하아……. 부단장이 날 잡아먹으려고 할 텐데……."

관리자는 축 처진 어깨로 단장이 사라진 텔레포트 장소를 흘깃 바라보고는 힘없는 걸음으로 어디론가 향했다.

⁂

벨리 마운틴 성에 도착한 레이어는 단장을 데리고 영웅이 있는 곳으로 향했다.

"이, 이곳은?"

"벨리 마운틴 성이오. 들어 보셨소?"

레이어의 말에 단장이 고개를 끄덕였다.

"들어 보았소. 소문에는 이곳에 칼빈 제국의 삼 황자가 유배되었다고 하던데."

"맞소. 그대를 찾는 이도 바로 그분이시오."

레이어의 말에 단장은 그 자리에서 멈춰 섰다.

"왜 그러시오?"

레이어의 말에 단장이 잠시 멍한 표정을 짓다가 이내 고개를 젓고는 따라오며 말했다.

"아, 아니오."

단장의 모습에 레이어는 딱히 크게 신경 쓰지 않고 다시 단장을 안내하기 시작했다.

한편, 단장이 멈춰 선 것은 바로 삼 황자가 자신이 있던 세상에서 온 자라는 것을 깨달았기 때문이었다.

'그렇군. 아몬드가 보낸 사람이 삼 황자랑 바뀐 것이군.'

자신도 처음에 이곳에 왔을 때 당황하지 않았던가.

생판 모르던 사람들이 자신을 알은척했고 나중에는 기억을 못 하니 미친놈 취급을 했다.

처음에는 이게 무슨 일인가 싶었지만, 시간이 지나면서 한 가지 가설을 세웠다.

화이트 웜홀은 다른 차원의 나와 바뀌는 것이 아닌가 하는 가설을 말이다.

그 가설은 자신과 같이 화이트 웜홀을 통과한 동료들을 만나면서 확실해졌다.

동료들 역시 자신과 똑같은 현상을 겪은 것이다.

'그런데 웜홀은 어찌 찾았지?'

그게 미스터리였다.

자신들도 웜홀을 찾아보겠다고 온 대륙을 돌아다니지 않았던가.

이놈의 세계는 땅덩어리도 넓어서 찾기도 더 힘들었다.

땅만 넓으면 다행이었다.

온갖 몬스터에 말도 안 되는 자연환경까지 존재하고 있었다.

다행히도 몬스터는 다른 색상의 웜홀 속에서 경험했기에 무난하게 대응할 수 있었다.

그렇게 갖은 고생을 하면서 찾아다녔음에도 결국 찾지 못한 것이 돌아갈 수 있는 웜홀이었다.

이제는 다들 반쯤 포기하여 이곳에서 적응하고 살아야 하지 않겠냐는 의견까지 나오고 있었다.

하지만 단장은 포기하지 않았다.

반드시 웜홀을 찾아서 돌아가겠다고 다짐을 하고 또 했다.

하지만 다짐과는 달리 진행되는 것은 없었고, 답답한 마음에 술에 빠져 살고 있었다.

그러던 중에 레이어가 유럽 각성자 길드원을 증명하는 증표를 들고 나타난 것이다.

그것도 모자라 돌아갈 수 있는 웜홀을 찾았다고 하지 않는가.

'일단 만나 보면 알겠지.'

그렇게 생각을 하고 한참을 들어가니, 거대한 문이 나왔다.

"이 안에 삼 황자께서 계시오. 명심하시오. 그분에게 절대로 무례를 범하면 아니 되오. 아시겠소?"

레이어의 말에 단장은 고개를 끄덕이며 대답했다.

"알겠소. 내 최선을 다해 예의를 차리리다."

단장의 확답을 듣고 레이어가 문 앞에서 경계를 서고 있는 기사들에게 말했다.

"삼 황자님을 뵈러 왔다."

"네! 안 그래도 기다리고 계십니다."

그그긍―!

거대한 문이 육중한 소리와 함께 열렸다.

문이 열리자 세상 처음 보는 화려한 모습의 대전이 눈에 들어왔다.

이 세상에 와서 황궁도 구경해 보았지만 저렇게 화려한 곳은 처음이었다.

전부 아더의 작품이었다.

원래 벨리 마운틴 성은 버려진 성이었다.

그랬기에 성 곳곳이 무너지고 폐허나 다름없는 모습이었다.

그런 곳에서 영웅이 생활을 해야 한다고 하니 아더가 펄쩍 뛰며 자신에게 맡겨 달라고 했다.

얼마 후, 벨리 마운틴 성은 예전의 허름했던 성이 아니라 갓 완공한 성처럼 화려한 모습으로 재탄생했다.

단장은 화려한 대전의 모습에 연신 감탄하며 걸어갔다.

대전의 중앙에 황제나 앉을 법한 화려한 의자가 있었고, 그 의자엔 영웅이 앉아서 자신을 향해 다가오는 단장을 바라보고 있었다.

단장이 어느 정도 가까이 다가오자 영웅은 자리에서 일어나 단장이 있는 곳으로 천천히 발걸음을 옮겼다.

"이자와 이야기할 것이 있으니 아더를 제외한 모든 이들은 나가 보아라."

영웅의 말에 다들 고개를 숙이며 뒷걸음질로 그곳을 빠져나가기 시작했다.

사람들이 전부 나가자 영웅은 단장에게 다가갔다.

"삼 황자마마. 고, 고홈 용병단장 데이몬드라고 합니다."

단장이 인사를 하자 영웅이 미소를 지으며 말했다.

"정확하게는 유럽 각성자 연합 아몬드의 동생, 데이몬드 씨겠지요. 등급은 프리레전드, 맞으시죠?"

고홈 용병단의 단장 데이몬드는 자신에 대해 정확하게 설명하는 영웅을 보며 잠시 말을 못 하고 멍하니 서 있었다.

　그런 데이몬드에게 영웅이 고개를 갸웃거리며 물었다.

　"아니신가요? 이상하네."

　"마, 맞습니다! 제가 바로 데이몬드 맞습니다! 혀, 현세에서 넘어오셨습니까?"

　데이몬드는 떨리는 목소리로 영웅에게 물었다.

　"네, 아몬드 씨의 의뢰를 받아 이렇게 왔습니다."

　"혀, 형님께서 저를 포기하지 않으셨군요. 저, 저를⋯⋯."

　데이몬드는 감정이 격해졌는지 고개를 숙이고 거대한 몸을 들썩이기 시작했다.

　영웅은 그가 감정을 추스를 수 있도록 잠시 기다려 주었다.

　잠시 후, 마음이 좀 안정됐는지 눈물을 닦은 데이몬드는 영웅을 바라보며 환하게 웃었다.

　"감사합니다. 사실⋯⋯ 거의 포기하고 있었거든요. 이제는⋯⋯ 다시는 돌아가지 못할 세상이라고 생각하면서 말이죠. 그런데⋯⋯ 이렇게 찾아 주셔서 정말로 감사합니다."

　"하하, 아닙니다. 제가 할 수 있는 일인데 어찌 거절하겠습니까. 어려움에 빠진 사람은 도와야죠."

　영웅의 대답에 데이몬드는 초롱초롱한 눈빛으로 그를 바라보았다.

"왜, 왜 그렇게 바라보십니까?"

"하하, 형님께서 믿고 보내셨다면 최소 프리레전드급 이상의 각성자시겠죠? 제가 기운을 느끼지 못할 정도니 혹시 레전드 등급이십니까? 아니면 제가 없는 사이에 새로운 레전드 등급이 탄생한 것입니까?"

"아닙니다. 저는 그냥 평범한 일반인입니다."

"네에? 그 말을 저더러 믿으라는 말씀입니까? 형님이 미치지 않고서야 일반인을 화이트 웜홀에 밀어 넣는단 말입니까?"

"다들 그렇게 말하더군요. 사실 화이트 웜홀에서 사람들을 구조한 것이 이번이 처음이 아닙니다. 데이몬드 씨가 세 번째입니다. 화이트 웜홀에 특화된 일반인, 그러니까 좀 특별한 일반인이라고 생각하시면 됩니다."

영웅의 말에 데이몬드는 고개를 갸웃거렸다.

'하긴, 각성자 특성이 전부 알려진 것은 아니니…… 화이트 웜홀에 특화된 인간도 있겠지.'

데이몬드는 그냥 그렇게 생각하고 넘어가기로 했다.

"알겠습니다. 특별한 사람, 그렇게 생각하고 있겠습니다."

"감사합니다. 그럼 어찌하시겠습니까? 지금이라도 당장 현세로 돌아갈 수 있는데, 가시겠습니까?"

영웅의 말에 데이몬드는 고개를 절레절레 흔들었다.

"정말로 원하고 또 원하던 일이었지만 지금은 안 됩니다."

"무슨 일이 있습니까?"

"네, 의뢰를 받은 것이 있습니다. 그것을 완수해야만 떠날 수 있습니다. 약속은 곧 저의 생명입니다. 그것은 반드시 지켜야 하지요."

5장

흔들림 없는 눈빛으로 영웅에게 자신의 의견을 확실하게 이야기하는 데이몬드가 맘에 든 영웅이었다.

"그럼요. 약속은 중요하지요. 동양에선 이런 이야기가 있지요. 남아일언중천금. 남자의 한마디는 천금보다 무겁고 가치가 있다는 뜻입니다. 하하, 데이몬드 씨가 마음에 드는군요."

"그런 멋진 말이 있었군요. 하하, 이해해 주셔서 감사합니다."

"실례가 안 된다면 그 의뢰가 무엇인지 알 수 있겠습니까?"

영웅의 물음에 데이몬드가 주변을 두리번거리다가 아더와

눈이 마주쳤다.

아더를 보고 머뭇거리는 그에게 영웅이 웃으며 말했다.

"저의 분신과 다름없는 사람입니다. 걱정하지 않으셔도 됩니다."

"아! 그렇습니까."

데이몬드는 영웅의 말에 고개를 끄덕이고 입을 열려는 순간 아더의 모습을 보고 말았다.

아더가 영웅의 말에 감격했는지 눈에 눈물이 맺힌 채로 글썽이며 입을 틀어막고 있었다.

그 모습에 데이몬드가 피식거리며 웃었다.

저 모습을 보니 믿어도 될 것 같았다.

"정말로 충직한 수하인가 봅니다."

"그렇지요? 제가 아끼는 수하입니다."

"그래 보입니다. 그럼 믿고 말씀드리겠습니다. 사실……
저희가 받은 의뢰는 기간이 정해져 있는 것이 아닙니다."

"기간이 정해져 있지 않다니요? 그런 의뢰도 있습니까?"

"그게, 한 곳에서 의뢰받은 것이 아니라 여러 제국으로부터 동시에 의뢰를 받은 사안입니다. 공통 의뢰라고 하지요."

"그런 것도 있습니까?"

"네, 이 세상에 커다란 위기가 다가올 때마다 모든 대륙은 하나로 힘을 합쳐 위기를 극복했다고 하더군요. 신성 제국의 성녀가 신의 계시를 받았다고 합니다. 이 세계에 커다란 위기가 다가오고 있으니 대비하라고 말입니다."

"흠, 커다란 위기라……"

영웅은 그 커다란 위기가 뭘 뜻하는지 알 것 같았다.

자쿠와 아크라가 인간계를 공략하기 위해 정보를 모으고 있지 않았던가.

아마도 그 위기라는 것은 마계의 침공을 이야기일 것이다.

"두루뭉술하지요? 하하, 사실 저희도 황당한 의뢰였기에 거절하려고 했습니다. 그런데 저희가 이곳에서 정착할 수 있도록 물심양면으로 도와주던 은인이 저희에게 무릎을 꿇으며 부탁을 하시더군요. 세상을 구하는 데 제발 힘을 보태 달라고요."

데이몬드는 자신이 어려움에 처했을 때 도와주고 또 이 세계에서 적응할 수 있도록 이 세상의 공용어와 살아가는 방법을 알려 준 은인의 부탁을 차마 외면할 수 없었다.

어차피 언제 돌아갈지도 알 수가 없었고, 또 이 세상에 위기가 오면 자신들 역시 위험했기에 그 의뢰를 받아들였다.

의뢰가 종료되는 시점은 세상이 위기에서 해방되는 날이었다.

"사실 예언이라는 것이 언제라고 콕 집어 말을 하는 것이 아니기에 언제가 될지는 알 수 없습니다. 그래도 약속은 약속입니다. 그것을 완수하기 전에는 돌아갈 수 없습니다."

데이몬드가 결연한 표정으로 영웅에게 말하자 영웅이 미

소를 지으며 얘기했다.

"하하, 뭔가 오해를 하고 있으신가 보네요. 언제든 다시 올 수 있습니다. 한번 연결된 화이트 웜홀은 흔히 알고 있는 일반 웜홀처럼 자유롭게 오갈 수 있습니다."

"네? 그, 그게 정말입니까?"

"그렇습니다. 거기에 시간이 상대적으로 흐르기에 바깥세상에서 하루를 보내면 이곳에서 1시간이 지나 있을 겁니다. 마찬가지로 이곳에서 하루는 바깥세상에서 1시간이지요. 그러니 바깥세상에서 실컷 회포를 풀고 와도 이곳에서의 시간은 그리 많이 흐르지 않을 것입니다."

영웅의 설명에 데이몬드가 멍하니 서 있었다.

한참을 멍하니 서 있다가 정신을 차리고는 영웅의 손을 잡았다.

"그, 그게 정말입니까? 그, 그럼 지, 지금 당장 가겠습니다! 가 보고 싶습니다! 형님도 보고 싶고 어, 어머니, 아버지, 동생들이 보고 싶습니다!"

간절한 눈빛으로 바라보며 말하는 데이몬드에게 영웅이 고개를 끄덕였다.

"알겠습니다. 일단 먼저 가 보고 후에 동료들에게 전하시겠습니까?"

영웅의 말에 데이몬드가 고개를 끄덕였다.

"네! 제가 먼저 확인을 하겠습니다."

"알겠습니다. 그럼 가시죠. 제 손은 그대로 잡고 계십시오."

영웅은 자신의 손을 꼭 잡은 데이몬드에게 손을 놓지 말라고 말했다.

슈팍-!

왜 잡고 있으라고 하는지 의문이 몰려오던 그 순간 세상이 순식간에 하얗게 변했다가 나타났다.

조금 전까지 성안에 있었는데 어느새 수풀이 우거진 깊은 정글 속에 들어 온 것이다.

데이몬드가 주변을 둘러보더니 경악한 표정으로 말을 더듬거렸다.

"여, 여긴……. 서, 설마……. 망자들의 정글!"

"망자들의 정글이요?"

"그, 그렇습니다. 저, 저 신전은 망자들을 기리기 위해 세워진 것입니다. 이, 이곳은 저주받은 곳입니다. 사, 살아 있는 자가 들어 올 수 없는 죽음의 땅입니다. 그, 그런데 어, 어찌 여기를……."

어떻게 이곳에 올 수 있냐는 눈빛으로 영웅을 바라보았다.

"아항, 그랬군요. 어쩐지 주변에 생기라고는 조금도 느껴지지 않더라니."

"네? 이, 이곳을 걸어 들어온 것이 아닙니까?"

"아니요, 날아왔는데요."

"이, 일반인이라면서요?"

"네, 일반인이죠. 좀 특별한?"

데이몬드는 자꾸 영문 모를 소리를 하는 영웅을 빤히 바라보았다.

"자 자, 저에 대한 자세한 것은 현세 가서 아몬드 씨에게 들으시고, 일단 따라오세요."

"네? 네! 아, 알겠습니다."

데이몬드는 일단 현세로 넘어가서 생각하기로 하고 영웅을 따라갔다.

신전을 도니 그곳에는 그토록 찾아 헤매던 화이트 웜홀이 환한 빛으로 그를 반기고 있었다.

데이몬드는 화이트 웜홀에서 뿜어져 나오는 환한 빛을 바라보며 감상에 잠겼다.

"저, 저것을 찾으려고…… . 온갖 동네를 돌아다녔는데…… . 설마 이 저주받은 땅에 있을 줄이야. 그러니 아무리 찾아도 찾을 수가 없었지…… ."

감회가 새로웠다.

데이몬드는 격한 감정을 추스르고 화이트 웜홀 속으로 움직이려 했다.

그때.

크라라라라라라라-!

소름 끼치는 소리가 신전 곳곳에서 들려오기 시작했다.

크라라라라라-!

그 소리는 점차 가까워져 왔고 땅의 진동 역시 점점 커지고 있었다.

땅이 울리는 정도를 보니 엄청난 덩치를 지닌 몬스터가 분명했다.

데이몬드는 화이트 웜홀을 잠시 바라보다가 몸을 돌렸다.

그리고 영웅의 앞에 서서 그에게 외쳤다.

"심상치 않은 놈이 이곳을 향해 달려오고 있습니다. 어서 저 화이트 웜홀 속으로 피하세요! 제가 막겠습니다!"

화이트 웜홀은 들어간다고 곧바로 들어가지는 것이 아니었다.

아주 잠깐 동기화가 이루어져야 했고 그 동기화가 이루어지는 동안 지축을 흔들며 다가오는 몬스터가 도착할 것이 분명했다.

몇 초도 안 걸리는 시간이었지만 그 짧은 시간도 위험할 것이라 생각하고 영웅을 보호하기 위해 나선 것이다.

"어서요! 짧은 시간이지만 저놈을 막을 시간은 충분합니다!"

"……."

"뭐 하시는 겁니까! 빨리 움직여요!"

크라라라라라-!

그 순간 거대한 도마뱀의 형상을 한 무언가가 하늘을 가리며 모습을 드러냈다.

짧은 앞발에 굵은 뒷다리, 온몸을 뒤덮은 비늘들.

쥬라기 공원에 나오는 티라노사우루스가 떠오르는 외형이었다.

'뭐야? 공룡인가? 아니, 공룡치고는 너무 큰데?'

영웅은 갑자기 등장한 괴생명체를 바라보며 신기해하고 있었다.

거대한 괴생명체의 입가에서 연신 녹색 빛깔의 연기가 새어 나오고 있었다.

"저, 저놈은 린트부름!"

"린트부름?"

"일명 포이즌 드래곤이라 불리는 몬스터입니다. 몬스터 중에서도 최상위권의 강함을 자랑하는 놈입니다!"

"그래요? 생긴 것을 보니 강해 보이긴 하네요."

"강해 보이는 정도가 아니라 정말로 강한 놈입니다! 제가 혼신을 다해야 하는 몬스터이기도 하고요. 일단, 뒤로 물러서십시오! 저놈은 독을 주 무기로 쓰는 놈이니 참고하고 조심하십시오."

데이몬드가 영웅에게 조심해야 할 것들을 알려 주는 그 순간, 거대한 괴생명체가 입을 크게 벌리며 영웅과 데이몬드가 있는 곳을 향해 입에서 녹색 연기를 뿜어 댔다.

크아아아아아아-!

녹색 연기는 주변의 수풀을 순식간에 녹이며 영웅과 데이몬드가 있는 방향으로 빠른 속도로 날아왔다.

"비켜요! 하앗! 사이클로닉 스톰!"

흥흥흥흥흥-!

데이몬드가 자신의 거대한 검을 꺼내 들어 마치 선풍기 날이 돌듯이 그것을 빙글빙글 돌리기 시작했다.

순간, 거센 바람이 데이몬드의 무기에서 발산되더니, 녹색의 독 연기와 정면으로 부딪혔다.

"으아아아악!"

데이몬드가 혼신의 힘을 다해 독 연기를 밀어 내기 시작했다.

그의 노력이 빛을 발했을까?

서서히 독 연기가 뒤로 밀려 나기 시작했고 이내 괴생명체가 있는 방향으로 되돌아갔다.

자신이 내뿜은 독 연기가 자신을 덮치자 잠시 콜록거리던 괴생명체는 분노했는지 몸을 크게 부풀리기 시작했다.

"이놈! 네놈이 공격하게 놔둘 것 같으냐! 하앗! 크러싱 블로우!"

쿠와아아아아-!

데이몬드의 검에서 일직선으로 나온 거대한 오라가 린트부름을 향해 뿌려졌다.

쩌저정-!

쿠에에에엑-!

데이몬드의 일격에 린트부름이 고통스러운 괴성을 내며 뒷걸음질을 쳤다.

하지만 고통스러워만 할 뿐 외형적으로는 전혀 변화가 보이지 않았다.

그 모습에 데이몬드가 이를 악물고 말했다.

"비, 빌어먹을! 오라가 통하지 않는 가죽이라니!"

자신의 생각보다 더 강한 가죽에 당황한 모습이었다.

"미안합니다. 제가 신경 써서 지켜 주지 못할 것 같습니다. 그래도 최선을 다해 저놈을 막아 볼 테니 그 틈을 타서 웜홀 속으로 피신하십시오!"

데이몬드가 미리 사과하며 괴생명체를 바라보았다.

말은 포기한 듯이 말하고 있지만, 그의 눈빛은 결연했다.

"덤벼라! 내 너를 잡아서 박제한 뒤에 내 집 앞마당에 진열해 놓고 말겠다!"

역시 포기한 것은 아니었다.

그 모습에 영웅이 웃었다.

데이몬드는 어이가 없었다.

지금 영웅이 상황 파악을 못 하고 있다고 생각했다.

"어서 피하라고! 내 말이 안 들려?"

데이몬드가 버럭 화를 내며 소리쳤다.

하지만 영웅은 느긋한 모습으로 데이몬드 앞으로 걸어가

며 말했다.

"박제는 좀 잔인하니까, 길들여 봅시다."

"뭐?"

영웅의 말에 데이몬드가 순간 어이없는 표정으로 영웅을 바라보았다.

그의 눈빛은 영웅을 제정신이 아닌 놈으로 바라보는 것 같았다.

그렇게 잠시 바라보던 데이몬드가 피식 웃었다.

역시나 상황 파악을 못 한다고 생각한 것이다.

'공포에 정신이 나간 것인가?'

그렇게 생각할 수밖에 없었다.

하지만 그 뒤에 일어난 일에 데이몬드의 입은 지금까지 살면서 벌린 것 중에 가장 크게 벌어졌다.

빠악-!

데이몬드의 눈에 보이지도 않을 정도의 속도로 영웅이 주먹을 휘둘렀고, 눈앞에 있는 린트부름은 아까 데이몬드에게 공격을 당했을 때보다 더 심한 괴성을 질러 댔다.

꾸에에에에엑-!

돼지 멱따는 소리 비슷한 괴성이 린트부름의 목에서 새어 나오고 있었다.

퍼퍽- 퍽퍽-!

꾸에에엑- 꾸엑-!

데이몬드가 혼신의 힘을 다해 명중시킨 오라에도 꿈쩍하지 않던 가죽이 영웅이 주먹을 휘두를 때마다 푹푹 들어가고 있었다.

가죽이 푹푹 들어갈 때마다 린트부름은 죽어 가는 소리를 내며 연신 뒤로 물러날 수밖에 없었다.

"이, 이게 무슨……."

너무도 비현실적인 풍경이라 멍하니 린트부름이 영웅에게 죽도록 얻어맞고 있는 모습을 바라보았다.

한참을 맞고 있던 린트부름의 몸에서 짙은 녹색의 연기가 뿜어져 나왔고 그것을 본 데이몬드가 정신을 차리고 외쳤다.

"조, 조심하십시오! 그, 그것은……."

영웅에게 경고를 날리려는 찰나, 영웅이 그 녹색의 연기를 자신의 입으로 모조리 들이마셨다.

"……세상에 존재하는 독 중의 왕이라 불리는…… 독인데…… 그걸 들이마시네……."

놀라는 것은 데이몬드뿐이 아니었다.

린트부름의 표정을 보니 저놈도 무지하게 놀란 게 보였다.

그럴 만도 한 것이 한 입 거리도 안 되는 인간에게 먼지 나게 얻어터진 것도 놀라운데, 드래곤도 멀찍이 떨어져 해독한다는 자신의 독을 들이마시는 인간이라니 놀랄 법도 했다.

린트부름은 지능이 뛰어난 몬스터였다.

드래곤처럼 인간의 언어를 할 수 있는 것은 아니었지만, 그래도 인간으로 치면 6살 정도의 지능을 가진 고등 생명체였다.

"시큼하네. 그래, 너도 해 볼 건 다 해 봐야 억울하지 않겠지? 자, 와라!"

영웅이 양팔을 벌리며 린트부름에게 말하자 린트부름은 두려운 표정으로 고개를 저으며 이내 뒤돌아 정글 속으로 뛰어가기 시작했다.

"어딜 가려고!"

슈파-!

영웅이 순식간에 린트부름의 머리 위로 이동했다. 화려한 발 차기가 린트부름의 머리를 정확하게 타격했다.

빠악-!

쿠쿵-!

꾸에에에엑-!

발 차기 한 방에 바닥으로 쓰러진 린트부름은 고통에 몸부림을 치며 바닥을 굴렀다.

그렇게 한참을 몸부림치던 린트부름은 영웅이 다가오자 고개를 들어 최대한 불쌍한 표정으로 영웅을 바라보았지만, 유감스럽게도 통하지 않았다.

"그렇게 불쌍하게 봐도 안 봐준다."

그렇게 말하고 다시 주먹을 말아 쥐자 린트부름이 무언가

결심한 표정으로 벌떡 일어나더니 영웅 앞에 납작 엎드리기 시작했다.

그러고는 낑낑거리며 최선을 다해 애교를 부리기 시작했다.

꼬리를 살랑살랑 흔드는 게 마치 강아지 같았다.

린트부름 입장에선 살기 위한 최선의 행동이었다.

목숨도 목숨이지만 영웅의 구타가 너무도 고통스러웠다.

그 모습에 영웅이 미소를 지으며 물었다.

"호오, 그 자세는 뭐냐? 나를 따르겠다는 뜻이냐?"

린트부름이 알아들을 리가 없겠지만 영웅은 당연히 알아들을 것이라고 생각하고 말하고 있었다.

놀랍게도 린트부름은 영웅의 행동을 보고 하는 말을 유추해 냈는지 고개를 끄덕였다.

"손."

영웅이 손을 내밀며 말하자 린트부름이 잠시 머뭇거리다가 짧은 앞발을 그 위에 살포시 올렸다.

그러자 영웅이 웃으며 린트부름의 머리를 쓰다듬었다.

"옳지, 잘한다. 앞으로 그렇게 하는 거야. 알았지?"

나긋나긋한 영웅의 말투에 린트부름은 고개를 끄덕였다.

한편, 옆에서 이 광경을 지켜보던 데이몬드는 자신이 지금 꿈을 꾸는 것이 아닌가 하는 착각에 빠졌다.

현실에서는 절대로 일어날 수 없는 일이 자신의 눈앞에서 펼쳐지고 있었다.

연신 린트부름에게 이것저것을 시키며 즐거워하는 영웅을 보며, 데이몬드는 침을 꿀꺽 삼켰다.

아까 본 장면이 떠올랐기 때문이었다.

'내가 최선을 다한 공격에도 살짝 괴로워하는 정도였는데……. 저 주먹에는 진짜로 고통스러워하며 몸부림을 쳤다. 거기에 드래곤도 피한다는…… 저 독을 마시고도 멀쩡하다니……. 저게 인간이 맞단 말인가? 저런 자가 일반인이라고?'

데이몬드는 절대로 믿을 수가 없었다.

저런 엄청난 사람이 일반인이라니. 그럼 자신은 뭐란 말인가.

'저런 사람이 일반인이면 나는 뭔가? 하아……. 그럼 그렇지. 형님이 이 베일에 가려진 화이트 웜홀 속으로 나를 찾기 위해 보낸 사람이 평범한 사람일 리가 없지…….'

데이몬드는 왜 자신의 형인 아몬드가 영웅을 이곳으로 보냈는지 아주 확실하게 깨닫고 있었다.

⚜

다시 현실 세계로 돌아온 데이몬드는 감격에 찬 얼굴로 자신의 형인 아몬드를 만나고 있었다.

"형!"

아몬드 역시 데이몬드를 보고는 눈물을 왈칵 쏟으며 달려가 그를 꼭 안았다.

"데이몬드! 고생했다! 고생했어! 이 못난 형 때문에……. 미안하다!"

"아니야, 형! 내가 먼저 나서서 가겠다고 한 일인데."

"그렇게 말해 주니 정말로 고맙다."

"이렇게 다시 형을 보게 돼서 정말 기뻐. 사실 거의 포기하고 있었거든."

"역시 그분은 정말 대단하시구나."

아몬드의 말에 데이몬드가 궁금했던 점을 물었다.

"그분의 정체가 도대체 뭐야? 듣기로는 일반인이라고 하던데."

"맞다. 그분은 일반인이 맞아."

"지, 진짜로? 레전드급 각성자가 아니고?"

"아니야. 레전드급 각성자도 그분의 옷자락 하나 건들지 못한다."

"그런 분이 일반인이라니……. 그게 말이 돼?"

"녀석, 믿지 못하겠지. 하긴, 나도 처음에는 믿지 않았지. 그분은 아주아주 특별한 일반인이다. 사실…… 나는 그분이 신이 아니실까 생각하고 있다."

"신? 그게 무슨 말이야?"

"그렇지 않고서는 그런 강함과 능력은 말이 안 되니까. 너도 그분의 곁에서 경험해 보면 내 말을 이해하게 될 거다."

아몬드의 말에 데이몬드가 잠시 생각을 하더니 고개를 끄덕였다.

"뭐, 어차피 당분간은 그분과 같이 지내야 하니 형이 말한 것을 경험할 수 있겠지."

"응? 그게 무슨 말이냐? 아주 돌아온 것이 아니더냐?"

"저쪽에서 해결해야 할 일이 있어. 알잖아, 내가 약속을 어기는 것은 죽음보다 끔찍하게 여긴다는 사실을."

"그렇군. 뭐 어떠냐. 이제 너는 더 이상 미아가 아니니. 언제든 이곳으로 다시 올 수 있는 몸이니 상관없다."

아몬드의 말에 데이몬드는 정말로 자신이 사랑하는 형과 가족이 있는 현세로 돌아온 것을 실감했다.

"자, 어서 가자. 가족들이 눈이 빠지게 너를 기다리고 있어."

"응! 나도 빨리 보고 싶다! 가자!"

데이몬드는 가족들과 회포를 풀고 현세에서 잠시 휴식을 즐긴 후 영웅과 함께 벨리 마운틴 성으로 돌아왔다.

아더가 환한 얼굴로 달려 나와 반기다가 린트부름을 보더니, 인상을 찡그렸다.

"저건 뭡니까?"

"응, 나도 몰라. 덤비길래 몇 대 쥐어박았더니 설설 기더라고. 하는 짓이 귀엽기도 하고 제법 강하다니 성 주변에 풀어 두고 집 지키게 하려고 데려왔지."

"교육이 되었습니까?"

"글쎄? 된 거 같긴 한데 말이 안 통하니."

영웅의 말에 아더가 린트부름을 노려보며 뭐라 뭐라 중얼거렸다.

그러자 린트부름이 화들짝 놀라며 두려움에 부들부들 떨면서 이상한 소리로 웅얼웅얼했다.

"주인을 따르는 것이 맞답니다."

"어? 너 말이 통해?"

"제가 이래 봬도 만물의 조종이라는 드래곤입니다. 당연히 몬스터들과 의사소통이 가능하지요."

"아, 맞다. 너 드래곤이었지. 깜박했네."

아더와 영웅의 대화에 옆에 있던 데이몬드가 눈알이 튀어나올 정도로 놀란 표정을 지었다.

비명을 지르고 싶은데 너무 놀라서 소리는 나오지 않고 입만 뻐끔거리고 있었다.

그 모습에 영웅이 그를 바라보더니 말했다.

"아, 제가 말 안 했나요? 여기 이 친구는 레드 드래곤 아더라고 합니다. 제 충실한 수하죠."

"반갑다, 인간. 앞으로 주인 말에 잘 따르도록 해라. 안 그 러면 나의 브레스가 네놈을 잿더미로 만들 테니."

"아더!"

"죄송합니다. 주인."

영웅의 호통에 아더가 재빨리 고개를 숙이며 사과했다.

하나, 이미 잿더미를 만든다는 구절에서 기절한 데이몬드 였다.

"하아……."

영웅이 이마를 감싸며 데이몬드를 깨웠다.

상쾌한 기분에 눈을 뜬 데이몬드는 정말 말도 안 되는 꿈 을 꾸었다고 생각하며 천천히 자리에서 일어났다.

그리고 고개를 들자 꿈속에서 보았던 그 장면들이 이어지 고 있었다.

"어? 아직 꿈속인가?"

데이몬드는 아직도 자신이 꿈을 꾸고 있다고 생각했다.

빠악-!

그 순간 아더가 데이몬드의 뒤통수를 때렸다.

"커헉!"

"꿈 아니다. 잠 깨라."

프리레전드급의 각성자였기에 갑작스러운 기습에도 곧바 로 반응하여 실드가 쳐지는데, 그 실드를 뚫고 뒤통수를 가 격한 것이다.

거기에 고통은 이루 말할 수 없을 정도로 강했다.

순간적으로 뒤통수가 사라진 기분까지 느낀 데이몬드였다.

엄청난 고통 덕분에 지금 이 상황이 꿈이 아니고 조금 전에 꿈이라 생각했던 것 역시 현실이라는 것을 깨달았다.

"저, 정말입니까?"

데이몬드가 영웅을 바라보며 물었다.

"무엇이 말입니까?"

"저, 저기 저, 드래곤이…… 수, 수하라고 하신 것 말입니다."

"아, 맞습니다. 제가 정말로 아끼는 수하죠."

"에헴!"

영웅의 말에 아더가 기분이 좋은지 한껏 고개를 치켜들고는 기세등등하게 섰다.

그 모습을 보니 영웅의 말이 사실이라는 것을 깨달았다.

드래곤이라는 말도 사실일 것이다.

자신이 반응조차 할 수 없을 정도의 속도로 뒤통수를 가격했고 자신도 고전했던 최강의 몬스터라는 린트부름을 동네 강아지 다루듯이 다루는 것을 보니 맞는 것 같았다.

'맙소사. 무슨 일반인이 나는 상상도 못 할 정도의 무력에 드래곤을 수하로 부려……'

데이몬드는 아몬드가 한 말이 떠올랐다.

―그분은 신이 아닐까 생각한다.

'정말일지도⋯⋯.'

데이몬드는 앞으로 영웅과 함께하는 동안 그를 곁에서 지켜보기로 마음먹었다.

그 후에 성안에 있는 자들을 하나씩 소개받았는데 데이몬드는 그때마다 계속 경악을 금치 못했다.

'미친! 마족까지 수하로 부리고 있다고? 이, 이걸 믿으라고?'

다른 이들에게 자신이 본 사실을 이야기한다면 미친놈 취급을 할 것이다.

이제 곧 동료들도 데리고 와서 현세로 보내야 하는데 그들에게 뭐라고 설명을 해야 할지도 고민되었다.

사실대로 말하면 절대로 믿지 않을 것이다. 아니, 자신이어도 믿지 않았을 것이다.

자신도 이게 현실인지 긴가민가한데 그들이 믿겠는가.

'하아, 그냥 그들도 나처럼 경험하게 하는 수밖에 없겠군.'

데이몬드는 벨리 마운틴 성을 둘러보며 깨달았다.

'여기가 모든 대륙을 통틀어서 가장 위험한 곳이군. 동양에서 흔히 말하는 용담호혈(龙潭虎穴)이 이곳이구나.'

영웅 덕에 현세로 갈 수 있게 된 데이몬드는 서둘러 자신의 동료들을 데리고 왔다.

나머지 동료들도 영웅의 손에 이끌려 웜홀이 있는 곳으로 이동했고 데이몬드와 마찬가지로 현세로 넘어가 그토록 보고 싶었던 가족과 상봉하고 휴식을 만끽한 뒤에 돌아왔다.

다시 돌아온 그들의 얼굴에는 미소가 가득했다.

이제 언제든지 집으로 돌아갈 수 있다는 안정감이 그들을 편하게 만들었다.

또한, 영웅이라는 엄청난 인간을 만난 것을 신기해했다.

처음에 데이몬드에게 말도 안 되는 소리는 그만하라고 핀잔을 주었는데, 실제로 경험해 보니 데이몬드의 설명이 한참 부족했다.

이들은 데이몬드와 함께 벨리 마운틴 성에서 한동안 생활했고, 결국 아예 이곳으로 거처를 옮기기로 결정을 내렸다.

하지만 자신들의 이 결정이 제국 간의 전쟁에 불을 붙였다는 사실을 그때는 알지 못했다.

고홈 용병단은 이곳 세상에서 가장 강한 용병단이었다.

그들의 강함은 어느 제국을 가든지 후작위를 얻을 정도였고, 원한다면 황제 직속 기사단이 될 수도 있을 정도로 강한 자들이었다.

그런 자들의 모인 곳이 바로 고홈 용병단이었고, 그렇기에 모든 제국에서 이들을 노리고 있었다.

하지만 그 어디에도 속하지 않겠다고 선언한 고홈 용병단의 뜻에, 제국들은 평화협정을 맺었다.

저들을 그 어디에서 속하지 않는 프리 용병단으로 선언하
자고 말이다.

물론, 고홈 용병단은 그 사실을 모르고 있었다.

비밀리에 협약한 것이었으니까.

문제는 고홈 용병단이 원래 자신들의 본거지를 카쉬 제국
에서 옮긴다는 이야기가 나오고 나서부터였다.

카쉬 제국의 황성은 그 일로 난리가 난 상태였다.

"뭐야? 고홈 용병단이 제국을 떠나 다른 곳으로 간다고?"

"그, 그렇습니다. 지금 이사를 하기 위해 분주하게 움직이
고 있다고 합니다."

"어, 어디로? 어디로 간단 말이냐?"

"드, 듣기로는 베, 벨리 마운틴으로 이동을 한다고 합니
다."

"뭐? 벨리 마운틴? 그곳은 칼빈 제국의 영역이잖아."

"그렇습니다."

"그놈들이 협약을 깨고 저들을 포섭한 것인가?"

"그 부분에 대해서는 다방면으로 알아보는 중입니다."

"확실하게 알아내라. 아주 중요한 일이다. 다른 제국도 아
니고 저 빌어먹을 칼빈 제국에 뺏겨서는 절대로 안 된단 말
이다!"

"아, 알겠습니다!"

카쉬 제국의 황제 다르샤 3세는 갑작스러운 소식에 정신

을 차릴 수가 없었다.

고홈 용병단이 떠나는 것은 단순한 일이 아니었다.

그들이 자리를 잡는 나라는 그 용병단이 있다는 사실 하나만으로도 다른 나라에 커다란 부담을 주었다.

카쉬 제국은 칼빈 제국에 밀려 언제나 2등이라는 굴레를 쓰고 있었다.

그것은 다르샤 3세의 커다란 콤플렉스이자 스트레스의 원인이었다.

그러던 중에 고홈 용병단이 제국에 자리를 잡고 그들의 명성이 올라가면서 제국의 위상도 다시 솟아오르기 시작했다.

반사이익을 제대로 받고 있었기에 제국은 그들에게도 제국이 할 수 있는 모든 편의를 제공하며 대접해 주었다.

물론, 그런 편의를 제공하는 것은 그들이 제국을 떠나 다른 곳으로 이동하지 못하게 막기 위한 것도 포함되어 있었다.

사실 고홈 용병단이 제국에 소속된 단체가 아니기에, 이들이 다른 곳으로 간다고 해도 그들을 막을 권리가 없었다.

막기 위해 무력을 사용할 수도 없었다.

그들을 무력으로 막으려면 제국도 엄청난 피해를 감수해야 할 정도로 그들은 강했다.

이 소식은 칼빈 제국에도 전해졌다.

"고홈 용병단이 어디로 온다고?"

칼빈 제국의 황제 메스릭 2세가 황당한 표정으로 보고하는 대신에게 되묻고 있었다.

"베, 벨리 마운틴입니다. 폐하."

"……아니 왜? 왜 하필 거기야?"

"그건 저희도 잘……. 일단은 삼 황자님께 이 사실을 전달해 드린 상태입니다."

"끄응, 그놈이 고홈 용병단을 잘 다룰 수 있을까? 오히려 화만 돋우어서 괜한 적을 만드는 거 아냐?"

"이미 적은 만들어져 있습니다."

"응? 그게 무슨 말이야?"

"카쉬 제국……. 아시잖습니까. 거기 황제가 우리 제국에 엄청난 열등감을 가지고 있다는 것을 말입니다."

"아, 그렇지……. 그 정신병자를 잊고 있었네……."

대신의 말에 메스릭 2세의 이마가 일그러졌다.

"하아……. 당분간은 골치 아프게 생겼군. 다르샤 그 미친 놈이 무슨 짓을 할지 모르니 전 군사에 비상경계령을 내리라고 전하고 긴급회의 소집해."

"알겠습니다."

보고를 마치고 종종걸음으로 물러나는 대신을 보며 메스릭 2세는 생각에 잠겼다.

'무슨 꿍꿍이지? 다른 곳도 아니고……. 사람이 살지 못하는 척박한 벨리 마운틴으로 이동하는 의도가 뭘까? 하아, 머리가 아프군.'

당분간 골치 썩을 일에 두통이 오는 황제였다.

⊱────⊰

거대하고 화려한 벨리 마운틴의 대전에서 영웅은 황성에서 온 서신을 읽고 있었다.

서신을 들고 온 대신은 영웅 앞에 엎드린 채 이곳에 오면서 본 광경들을 떠올리고 있었다.

'내가 잘못 본 것이 아니었어. 뭐지? 무슨 일이 이곳에서 일어난 거지? 왜…… 아무것도 살지 못하는 이 저주받은 땅에 수풀이 우거지고 생명이 넘치는 거지? 그리고 또 성이 왜 이렇게 화려하게 변해 있는 거야?'

아무리 생각하고 또 생각해 봐도 이해가 되지 않았다.

전에 서신을 들고 왔을 때의 풍경과는 너무도 달랐기에, 처음에는 자신이 길을 잘못 들은 줄 착각까지 했었다.

여기저기 헤매는 바람에 서신 전달까지 늦어 버렸다.

'그리고 내가 알던 삼 황자의 성격이 아닌데?'

자신이 올 때마다 지랄을 하던 삼 황자는 없었다.

지금 자신의 눈앞에 있는 삼 황자는 그 누구보다 품격 있고 인정 넘치는 사람이었다.

사실 이게 그를 더 놀라게 했다.

자연이 변한 것은 그럴 수 있다. 자연의 힘은 정말로 위대하니까 며칠 사이에 죽음의 땅에 생명을 만들어 낼 수도 있을 것이다.

성이 화려하게 변한 것 또한 이해할 수 있다.

돈 지랄을 하면 가능한 일이니까.

하지만 사람의 성격이 바뀐다?

이건 자신의 경험상 절대 가능한 일이 아니었다.

숨기는 것은 가능할지 몰라도 본성은 바뀌지 않는다.

'뭐지? 황궁으로 돌아가려고 연기하는 것인가?'

대신은 삼 황자가 깽판이 통하지 않으니 방법을 바꾼 것이라 생각했다.

그렇게 혼란 속에 이런저런 생각을 하고 있을 때, 영웅이 서신을 다 읽었는지 내려놓는 소리가 들렸다.

"흠, 그러니까 고홈 용병단이 이곳으로 오고 있으니 그들에게 실수하지 말라는 거네?"

"그, 그렇사옵니다."

"알았어. 가 봐."

순간, 서신을 들고 온 대신이 고개를 들어 영웅을 바라보았다.

언제나처럼 자신도 데려가라고 난리를 칠 줄 알았는데 웬일로 깔끔하게 자신을 보내 주니 놀란 것이다.

그 고집을 또 어찌 넘기나 고민하고 있던 것이 허무하게 느껴졌다.

"저, 정말로 갑니까?"

"응? 가기 싫어?"

"아, 아닙니다! 그, 그럼 가 보겠습니다!"

혹시라도 마음이 바뀌어 다시 난리를 칠까 두려운 대신은 서둘러 대답했다.

"아! 내 정신 좀 봐. 잠깐!"

대신이 서둘러서 나가려는 그 순간, 영웅이 자신의 이마를 '탁' 치더니 나가려는 대신을 다시 붙잡았다.

그에 대신은 속으로 생각했다.

'그럼 그렇지. 이제 나를 놀리는 방법도 진화했구나.'

대신은 영웅이 자신을 이렇게 쉽게 보낼 리가 없다고 생각하며 모든 것을 받아들이는 표정으로 인자하게 웃으며 대답했다.

"네, 삼 황자님. 저에게 무슨 할 말이라도 있으신지요."

대신은 이제 저 삼 황자의 막무가내 생떼가 시작될 것이라 생각하고 각오를 다졌다. 그런데······.

"멀리서 온 손님인데 대접도 안 하고 그냥 보낼 뻔했네. 미안, 미안. 여봐라. 오늘 저녁은 이자와 같이 먹을 것이니 성대하게 준비하라."

영웅의 말에 대신은 화들짝 놀라서 손을 내저으며 말했다.

"아, 아닙니다! 화, 황자님, 저는 괘, 괜찮습니다!"

"응? 아냐. 먼 길 왔는데 밥이라도 한 끼 먹이고 보내야지."

"아, 아닙니다! 어, 어서 돌아가서 해야 할 일이 산더미입니다!"

대신의 행동에 영웅은 잠시 고민하다가 손뼉을 치며 말했다.

"그렇구나. 하긴, 나라도 나보다 높은 사람이랑 같이 밥 먹으라고 하면 부담스러워서 밥이 안 넘어가겠네. 알았어. 어서 가 봐."

"가, 감사합니다. 그, 그럼 저는 이만 물러가겠습니다."

다시 잡을까 싶어 서둘러 대전을 빠져나가는 대신을 보며 아더가 영웅에게 말했다.

"주인, 저대로 보내실 겁니까?"

"응? 그럼 뭘 어쩌라고?"

"저자가 황성에 가서 완전히 바뀐 이곳에 관해 이야기하면 곤란하지 않겠습니까?"

"아, 난 또 뭐라고. 말하라고 해. 우리가 언제까지 숨길 수는 없잖아. 작은 공터를 바꾼 것도 아니고 산 전체를 바꾸어 놓았는데. 말하지 않아도 언젠가는 알려질 일이었어. 언제까지 우리가 여기 있을 수는 없는 노릇이기도 하고⋯⋯."

그리 말하고는 자신을 따르는 두 마족, 자쿠와 아크라를 바라보았다.

"마계는 언제쯤 침공할 것 같아?"

영웅의 질문에 둘은 당황했다.

"그, 그것은 저희도 잘……."

"아, 내가 그냥 마계로 가서 엎어 버릴까? 그럼 되는 거 아냐?"

영웅의 말에 아더가 맞장구를 쳤다.

"주인! 그게 좋겠습니다! 당장 가시죠!"

영웅과 아더의 대화를 들은 자쿠가 재빨리 그들을 말리고 나섰다.

"아, 안 됩니다!"

"뭐야? 너도 마족이라 이거냐?"

"그, 그게 아니고요. 마계를 뒤집어엎고 정복한다고 해도 인간 세상 사람들은 그 사실을 알 수가 없지 않습니까? 우리가 가서 마계를 정리했으니 이제 걱정하지 말고 평화롭게 살라고 말하면 사람들이 믿겠습니까?"

자쿠의 말에 영웅이 고개를 끄덕였다.

"그것도 맞는 말이네. 그냥 말도 안 되는 허풍이라고 생각하겠지."

"제 말이 그겁니다!"

"그럼 확실하게 사람들이 마계가 더는 위협이 되지 않는다는 것을 각인시키려면……. 그들이 보는 눈앞에서 압도적인 힘으로 밟아 줘야 한다는 거네."

"그, 그렇습니다."

자쿠의 말에 영웅이 다시 생각하더니 그에게 말했다.

"너희 목적이 이 세상에 정보를 모아서 마계에 보내는 것
이라고 했지?"

"그렇습니다."

"그럼 오늘부터 꾸준히 보내."

"네?"

"정보가 모여야 인간세계를 침공한다며. 그러니까 보내라
고. 아니다, 이럴 것이 아니라 그냥 정보 길드를 하나 포섭하
자. 이왕이면 진짜 정보를 보내 줘야 그놈들도 믿고 내려올
거 아냐."

하루라도 빨리 마계를 정리하기로 마음먹은 영웅은 적극
적으로 움직이기 시작했다.

그 모습에 자쿠와 아크라는 생각했다.

'마계의 종말이 이제 멀지 않았구나. 우리는 어찌해야 할
까……. 주인을 따르자니 동족을 배신하는 꼴이고……. 동족
을 지키자니 주인이 무섭고…….'

마계냐, 영웅이냐.

고민에 빠진 그들이었다.

⎯⎯⎯

아더가 벨리 마운틴 성을 하늘 위에서 가만히 바라보고 있
었다.

동쪽으로 가서 바라보고 서쪽으로 이동해서 바라보는 아더. 무언가를 고심하고 있는 듯했다.

"아니야, 이게 아니야!"

무엇이 그리 마음에 들지 않는지 연신 아니라고 외치고 있었다.

"도대체 어떤 놈이 이딴 흉측한 건물을 지은 거냐! 하아, 이런 흉측한 곳에서 주인과 함께 생활해야 한다니……. 안 되겠어. 새로 짓든가, 아니면 대대적으로 작업을 해야겠어."

아더는 성의 모습이 마음에 들지 않았다.

실내는 어찌어찌해서 꾸몄지만, 겉으로 보이는 성의 전체적인 모습은 자신이 꾸밀 수 있는 상황이 아니었다.

"이곳에도 드래곤이 있다고 했으니 드워프 놈들도 있겠지? 찾아봐야겠군."

아더는 곧바로 성안에 있는 자쿠와 아크라를 찾아갔다.

그들은 레이어와 함께 마계로 보낼 보고서를 작성하고 있었다.

인간계에 모든 정보를 거짓 없이 보내기 위해 셋은 정신없이 정보를 추리고 정리하고 있었다.

쾅─!

한창 집중해서 작업하는 와중에 문이 부서질 정도로 세차게 열리며 아더가 등장했다.

"야, 드워프족에 대한 정보 좀 알려 줘."

평행세계
먼치킨

방 안에서 그동안 모은 정보들을 취합하고 있던 그들은, 갑작스러운 아더의 방문에 그 자리에서 순간 굳어 버렸다.

그중 레이어가 들고 있던 종이를 바닥에 내려놓으며 물었다.

"가, 갑자기 무슨 드워프요?"

"드워프들이 어디에 있는지 알아? 몰라? 딱 그것만 얘기해."

"아, 알기는 알죠."

"어딘데? 아, 나 여기 주소 모르지. 좌표 적어."

"그, 그게……."

레이어는 드워프들이 있는 장소를 쉽사리 말하지 못하고 있었다.

"뭐야? 안다면서 왜 말을 안 해."

"아시면서 그러십니까?"

"내가 뭘 알아?"

"드, 드래곤이시면 부리는 드워프 종족 하나쯤은 보유하고 계신 것이 아니었습니까?"

"응? 그게 무슨 소리야? 드워프를 왜 부려?"

아더가 영문을 모르겠다는 표정으로 레이어를 바라보며 물었다.

그 표정을 보니 정말로 모르는 것 같아 레이어가 한숨을 쉬며 답했다.

"하아, 정말로 모르시나 보네요. 보통 드워프는 드래곤에 종속된 경우가 많습니다. 제가 아는 드워프 종족 역시 드래곤에 종속되어 있고요. 그들에게 부탁하려면 그들의 주인인 드래곤에게 먼저 허락을 받아야 합니다. 그런데…… 아시다시피 드래곤들의 성격이……."

"알지. 자신의 것을 절대로 남에게 주지 않고, 자신의 영역에 침범하는 것을 병적으로 싫어하지. 특히, 그것이 같은 드래곤이라면 더욱더 심하겠지."

아더의 말에 레이어가 고개를 끄덕였다.

"괜찮아. 알려 줘. 덤비면 몇 대 쥐어박지 뭐."

아더는 전혀 문제가 될 것이 없다는 듯 하얀 이를 드러내며 웃었다.

레이어는 그 모습을 멍하니 바라보다가 말이 통하지 않으리라는 사실을 깨닫고는 한숨을 푹 쉬고 좌표를 적어 주었다.

"이곳입니다."

"응! 고맙다."

아더는 손까지 흔들며 신난 모습으로 달려 나갔다.

"저거 정말 괜찮은 건가?"

아더가 사라지고 뒤에 있던 자쿠가 걱정스러운 표정으로 중얼거렸다.

"적어도 저 드래곤이 어디 가서 맞는 그림은 안 그려지네."

"그건 나도 그래."

"그게 문제가 아니라 맞은 드래곤이 복수하겠답시고 이곳에 올까 봐 그러지."

자쿠의 말에 다들 그를 한심한 표정으로 바라보았다.

"이곳에 누가 계신지 까먹었냐?"

아크라가 핀잔을 주자 자쿠가 영웅을 떠올리고는 자신의 이마를 쳤다.

"맞다, 주군이 계셨지."

"그래, 드래곤 종족 전체가 몰려와도 안 돼. 그러니 신경 끄고 우린 어서 우리 할 일이나 하자."

그 말에 다들 고개를 끄덕이고는 다시 서류를 이리저리 들춰 보며 정리하기 시작했다.

"여긴가?"

아더는 단숨에 레이어가 알려 준 좌표로 순간 이동을 하고는 주변을 두리번거리며 드워프 종족을 찾았다.

"저기군."

저 멀리 연기가 보이는 곳을 집중해서 보니, 갈색 수염 덩어리들이 바쁘게 움직이고 있었다.

보아하니 자신이 모시는 드래곤을 위해 열심히 금을 제련

하고 제련된 금으로 이런저런 것들을 제작하고 있는 것 같
았다.

"크큭, 금이라면 나도 환장을 하지. 저건 나도 탐나는군."

보물을 좋아하는 것은 모든 드래곤이 가지고 있는 종족의
특성이었다.

아더는 이곳 세상의 드래곤들이 왜 드워프를 종속시키는
지 이해가 되었다. 자신이 살던 세상의 드워프들은 종속 관
계가 아니었다.

하지만 공짜로 일을 시켜서 그들을 착취하는 것은 똑같았
다.

다만, 종속을 시키느냐 안 시키느냐의 차이일 뿐이었다.

아더는 잠시 그들이 일하는 것을 바라보다가 몸을 움직였
다.

"너희의 주인은 어디 있느냐?"

갑자기 들려오는 목소리에 분주하게 움직이고 있던 드워
프들이 움직임을 멈추고 아더를 바라보았다.

그들의 시선을 한 몸에 받으면서 미소를 짓는 아더에게 무
리 속에서 누군가가 걸어 나왔다.

주황빛의 수염으로 얼굴 전체가 덮여 있어 주황색 솜뭉치
가 걸어오는 것 같았다.

"그대는 누구요?"

"나? 글쎄 이러면 알려나?"

후웅—!

아더는 자신의 드래곤 피어를 사방으로 뿌렸다.

피어를 느낀 주황 수염이 화들짝 놀라며 재빨리 그 자리에서 엎드렸다.

"위, 위대하신 분을 뵈옵니다!"

그 말을 시작으로 그곳에 있던 드워프들이 일제히 엎드리며 외쳤다.

"위대하신 분을 뵈옵니다!"

"일어나라."

"가, 감사합니다."

"너는 누구냐?"

아더는 주황 수염을 바라보며 물었다.

"저는 이들의 족장인 아미르라고 합니다."

"그렇군. 레드 드래곤 아더라고 한다."

"레, 레드 드래곤!"

아더가 자신을 소개하자 드워프들이 화들짝 놀라며 한 걸음씩 뒷걸음질 쳤다.

여기서도 레드 드래곤은 흉포함의 대명사인 것 같았다.

"겁먹지 마라, 안 잡아먹으니. 네놈들의 주인은 어디에 있느냐?"

아더의 질문에 아미르가 연신 허리를 굽히며 대답했다.

"저, 저희의 주인이신 블루 드래곤 바르바나 님은 현재 수

면기에 들어가 계십니다!"

"수면 중이라고? 그런데 너희는 왜 일을 하느냐?"

"깨어나셨을 때 동굴 전체가 귀금속으로 뒤덮여 있지 않으면 저희 일족이 전부 죽습니다!"

아마도 기나긴 수면기에 들기 전에 이들에게 일거리를 준 것 같았다.

아더는 이들을 유심히 살폈다.

살펴보니 이들은 건축 쪽보다는 보석 쪽에 더 특화된 것으로 보였다. 자신이 원하는 것은 건축 쪽이었다.

"흠, 너희는 건축 쪽은 별로겠군. 혹시, 건축에 뛰어난 종족을 알고 있느냐?"

"거, 건축이요? 그, 글쎄 저희는 잘 모르겠습니다."

아미르가 눈을 돌리면 말하는 것을 보고는 거짓을 말하고 있다고 눈치챈 아더가 미소를 지었다.

"정말로? 몰라?"

"그, 그렇습니다."

"마지막으로 묻는다. 정말로 몰라?"

"저, 정말입니다. 저, 저희 부족은 이곳에서만 수백 년을 살아왔기 때문에 다른 종족에 대해 잘 알지 못합니다."

"그렇군. 그럼 너희 주인에게 물어봐야겠군."

아더의 말에 아미르가 경기를 일으키며 말했다.

"드, 드래곤의 영역을 함부로 침범하면 종족에서 배제되고 큰 벌을 받는다는 것을 아, 아시지 않습니까?"

"아, 그래? 그런 법이 있었어?"

"모, 모르셨습니까?"

"당연히 모르지. 그리고 오라고 그래. 어차피 다 나보다
약한 놈들일 텐데."

아더가 자신감 넘치는 표정으로 당당하게 말하자 아미르
가 멍한 표정을 지었다.

아미르는 몰랐다.

자신의 눈앞에 있는 드래곤이 정말로 이 세계에 있는 드래
곤들을 전부 찜 쪄 먹을 정도로 강한 드래곤이라는 사실을
말이다.

아더는 시도 때도 없이 영웅과 대련을 해 왔고 영웅도 인
정할 정도로 강해진 상태였다.

모르긴 몰라도 영웅 외에 아더를 이길 수 있는 생명체는
존재하지 않을 것이다.

'나를 이길 자는 전 우주를 통틀어 나의 주인뿐이다.'

이것이 아더의 자신감이었다.

실제로 말도 안 되게 강해진 것을 스스로도 잘 느끼는 중
이었으니까.

자신이 살던 세상에도 세 손가락 안에 드는 힘을 가진 드
래곤이었지만, 영웅을 만난 후에는 그 시절보다 최소 열 배
는 강해진 상태였다.

오히려 이쪽에 있는 드래곤들이 강하길 바라는 마음마저 있었고 이런 분탕으로 드래곤들이 자신을 공격한다면 더할 나위 없이 좋은 상황이라고 생각했다.

이곳에 있는 드래곤을 모조리 제압해서 자신의 수하로 만든 뒤에 주인에게 바쳐야겠다고 생각하는 충직한 아더였다.

한편, 이런 아더의 마음을 아는지 모르는지 아미르는 눈앞의 드래곤이 제정신이 아니라고 생각했다.

제정신이 박힌 드래곤이라면 모든 드래곤을 상대로 광역 도발을 할 이유가 없으니까 말이다.

그래도 말만 저렇게 하지 실제로는 블루 드래곤을 깨우지 않으리라 생각했다.

하지만 그것은 자신의 큰 착각이었다.

아더는 주변을 두리번거리더니 이내 한 곳을 바라보고는 그곳을 향해 날아갔다.

아미르는 아더가 날아가는 방향을 보고는 경악하며 어찌할 바를 모르고 안절부절못하며 뒤에 있는 드워프들에게 떨리는 목소리로 말했다.

"아무래도 오늘은 일진이 좋지 않은가 보다. 최대한 피해를 줄여야 하니 이곳에서 멀리 피해 있거라."

"족장님은요?"

"내 목숨이라도 걸어서 부족을 구해야 하지 않겠느냐. 뭣들 하느냐, 어서 피해!"

"조, 족장님!"

"명령이다!"

아미르의 호통에 다들 머뭇거리면서 쉽게 떨어지지 않는 발을 힘겹게 떼어 움직이기 시작했다.

곧 이곳은 두 드래곤의 싸움으로 난리가 날 것이다.

그 전에 빨리 부족원들을 대피시켜야 했다.

"빨리 움직여! 어서! 시간이 없다!"

아미르는 다급했다.

아더가 블루 드래곤이 잠들어 있는 레어로 들어가는 것을 본 것이다.

"어서! 빨리!"

다급하게 재촉하고 있던 그때 레어가 있던 산에서 엄청난 진동이 울려 퍼졌다.

쿠르르르르릉ㅡ!

그 진동에 아미르의 표정이 새파랗게 변했다.

"저, 정말로 깨울 줄이야. 미, 미치지 않고서야……. 종족 간의 맹약을 깨다니…….."

아미르는 몰랐다.

아더는 이곳 세상의 드래곤이 아니라는 것을 말이다.

그래서 그의 눈에는 아더가 죽으려고 작정했다고 생각한 것이다.

문제는 그 불똥이 자신들에게 튄다는 점.

뒤를 돌아보니 아직도 피하지 못한 부족원들이 보였다.

"늦었군……."

아미르의 말이 끝나기가 무섭게 산에서 거대한 폭발이 일어나며 화산이 터지듯이 산등성이가 터져 나갔다.

쿠콰콰콰쾅-!

이제 저기서 분노한 블루 드래곤이 자신의 잠을 깨운 레드 드래곤과 피 튀기는 전투를 시작할 것이라 생각했다.

쿠에에에에에엑-!

그 순간 돼지 멱따는 소리가 울려 퍼지더니 거대한 무언가가 자신들이 있는 방향으로 날아왔다.

콰당탕탕탕-!

어찌나 덩치가 큰지 지면에 떨어지는 충격으로 사방의 땅이 울리고, 근처에 서 있던 드워프들이 휘청거리며 몸을 제대로 가누지 못할 정도였다.

땅 위로 떨어진 거대한 무언가는 바로 자신들이 모시는 드래곤, 블루 드래곤 바르바나였다.

그들의 눈에 보이는 바르바나의 모습은 자신들이 알던 모습이 아니었다.

자신들의 몸만 한 거대한 눈동자가 연신 떨리고 있었고 그의 입가에는 피가 흐르고 있었다.

주변에 드워프들을 신경 쓸 틈도 없어 보였다.

"네, 네놈은 누구냐! 수면기에 든 드래곤은 서로가 서로를 지켜 주고 보호해야 한다는 맹약을 모르는 것이냐!"

바르바나가 분노에 찬 목소리로 어딘가를 바라보며 외치고 있었다.

드워프들은 바르바나의 눈이 향하는 방향으로 고개를 돌렸고 그곳에 바르바나와 같은 덩치의 드래곤이 있을 거라 생각했다.

하지만 자신들이 생각하는 그런 거대한 덩치는 보이지 않았다.

다만, 하늘 위로 무언가가 날아오고 있었다.

본체가 아닌 인간형으로 폴리모프를 한 아더였다.

"마, 맙소사. 본체로 변신도 하지 않고…… 바르바나 님을 저렇게 몰아붙였다고?"

아미르는 자신이 보고 있는 것이 현실인지 분간이 되질 않았다. 그만큼 지금 자신의 눈앞에서 펼쳐지는 상황은 말도 되지 않는 것이었다.

드래곤이 인간형으로 변신하면 본신의 힘의 10%도 사용하지 못한다.

즉 저기 하늘에 떠 있는 레드 드래곤은 자신의 힘의 10%도 사용하지 않는 상태에서 블루 드래곤을 제압한 것이다.

물론, 자다가 깨서 정신이 없는 상태라 당황했을 수도 있었다.

그래도 저렇게 일방적으로 당할 정도는 아니었다.

바르바나 역시 믿기지 않는 눈빛으로 아더를 바라보고 있었다.

　'뭐, 뭐야. 저놈! 정체가 뭐냐고! 폴리모프를 한 것 같은데⋯⋯. 그 상태에서 저런 힘을 낸다고?'

　믿을 수 없었다.

　자신이 잠이 덜 깨서 반응이 늦었다고 생각했다.

　그런 바르바나의 생각을 읽었는지 아더가 웃으며 말했다.

　"왜? 잠이 덜 깬 상태에서 기습을 당해서 그런 거 같아? 말은 바로 해야지. 먼저 공격을 한 것은 너잖아. 뭐, 내가 잘못한 것도 있으니 시간을 주지. 완전한 컨디션으로 돌아올 시간, 얼마나 주면 되지?"

　생글거리며 말하는 모습이 어찌나 얄미운지 바르바나의 이마에 힘줄이 솟아오르는 듯 보였다.

　그래도 저 제안을 거절할 수 없었다.

　지금 상태로는 절대로 이길 수 없으니까.

　'빌어먹을, 자존심이 상하지만⋯⋯ 친구들에게 도움을 요청해야겠군.'

　바르바나는 혹시 모를 상황을 대비해 준비한 아티팩트를 아더 모르게 작동시켰다.

　그런 것을 알 리 없는 아더는 한껏 여유를 즐기며 바르바나를 바라보고 있었다.

바르바나는 친구들에게 도움을 요청하는 한편 최선을 다해 몸을 회복시키고 있었다.

그렇게 한참의 시간이 지나고 바르바나가 거대한 몸을 일으켰다.

우두둑- 우둑-!

거대한 몸에서 천둥 치는 것 같은 소리가 들려왔다.

바르바나가 고개를 좌우로 꺾으며 아더에게 말했다.

"너는 그 상태로 계속 싸울 것이냐?"

"응, 이 상태여도 너를 상대하는 것에는 큰 지장이 없을 것 같군. 그보다 정말로 싸울 거냐? 대화로도 충분히 해결할 수 있을 것 같은데?"

아더의 말에 바르바나의 자존심이 갈기갈기 찢어졌다.

다른 것은 모르겠고, 저놈이 본체로 변신하게끔 만들겠다고 다짐했다.

"오냐! 그 말 후회하게 해 주지. 내가 아끼는 잠결에 당했지만, 그럴 일은 다시 없을 것이다!"

말이 끝남과 동시에 바르바나의 눈이 번쩍하면서 한 줄기 광선이 아더를 향해 날아갔다.

쯔잉-!

바르바나가 날린 광선을 가볍게 피한 아더가 웃으며 말했다.

"후회하게 해 준다더니 기껏 한다는 게 기습이냐? 그리고 다시 말하지만 잠결에 먼저 공격을 한 것은 너라고. 나는 그냥 갑작스러운 공격에 방어한 것뿐이고. 말은 똑바로 해야지."

쿠콰콰콰쾅-!

아더의 말이 끝남과 동시에 등 뒤에서는 엄청난 폭발음과 함께 후폭풍이 몰려왔다.

바르바나가 날린 광선의 위력은 결코 약하지도 느리지도 않았다.

심지어 예고도 없는 기습적인 공격이었다.

아더는 그런 공격을 가볍게 피했고 엄청난 위력을 보았음에도 긴장하는 모습조차 보이지 않았다.

바르바나는 이를 악물고 거대한 몸체를 하늘 위로 띄워 올렸다.

그 모습을 바라보던 아더가 바르바나에게 아주 친절하게 말했다.

"그만하지? 그래도 억지로 잠을 깨운 것 같아 미안해서 적당히 상대하고 있는 건데……. 계속 이러면 나도 더는 참기 힘든데? 아까 말했다시피 그냥 대화나 좀 하자니까?"

"닥쳐라! 남의 영역에 침범한 것도 모자라 내 물건을 탐하다니. 너는 드래곤이 지켜야 할 맹약을 어긴 것이다!"

"하아, 내가 언제 맹약을 어겼다고 그래? 손님이라고 손님. 내가 네 레어를 탐하는 것도 아니고 너에게 종속된 드워프를 데려가겠다는 것도 아니잖아."

"그딴 건 모른다! 너는 내 영역을 침범한 침입자일 뿐이
다!"

도통 말이 통하지 않았다.

결국, 아더는 가장 손쉬운 대화 방법을 선택하기로 마음먹
었다.

"하아, 그래. 같이 놀아 주고 싶지만 내가 좀 급해서 말이
야. 일단 사과부터 하고 시작하지. 미안하다."

그렇게 말하고는 공중에 있는 바르바나를 향해 눈에 보이
지도 않을 속도로 돌진했다.

슈팍-!

퍼펔-!

돌진하는 속도 그래도 바르바나의 복부에 주먹을 박아 넣
는 아더였다.

"꾸엑!"

바르바나의 입에서 다시 돼지 멱따는 소리가 들려왔다.

퍼펔- 퍼퍼퍼펔-!

아더는 손이 보이지 않을 정도의 속도로 바르바나의 온몸
을 사정없이 가격하기 시작했고, 주먹이 닿을 때마다 바르바
나는 처절한 비명을 끊임없이 내지르고 있었다.

"끄아아아악!"

쿠쿵-!

이내 거대한 덩치가 바닥에 떨어지며 바닥이 크게 흔들렸다.

바닥에서 꿈틀거리는 바르바나를 공중에서 지그시 바라보던 아더가 다시 물었다.

"아직도 대화로 풀 생각이 없나?"

6장

아더의 말에 바르바나는 울고 싶었다.

잘 자고 있다가 날벼락을 맞은 드래곤은 자신인데 가해자가 당당하게 저리 말하니 분하고 원통했다.

'친구들만 와 봐라! 같이 연합해서 네놈을 붙잡고 아주 죽여 달라고 울고불고하게 해 주마!'

바르바나가 아더를 죽일 듯이 노려보며 이를 갈았다.

그 눈빛에 아더는 고개를 저었다.

"이상하군. 주인이 이렇게 하면 다들 제발 그만하라고 빌던데……. 나는 아직 멀었군."

그때, 아더가 무언가를 느꼈는지 재빨리 몸을 위로 피했다.

쯔아아앙-!

아더가 몸을 피함과 동시에 형형색색의 광선이 아더가 있던 자리를 지나갔다.

"바르바나! 괜찮아?"

바르바나가 그토록 기다리던 친구들이 도착한 것이다.

세 마리의 드래곤이 바르바나의 요청을 받자마자 본체로 다급하게 날아왔다.

황금빛을 띠고 있는 골드 드래곤, 바르바나와 같은 푸른빛을 띤 블루 드래곤, 그리고 녹빛을 띠고 있는 그린 드래곤이었다.

친구들의 등장에 구겨졌던 얼굴이 펴지며 화색이 도는 바르바나.

그리고 아더를 노려보며 친구들에게 주의를 주었다.

"조심해! 생각보다 강한 놈이다."

"흥! 아무리 강해도 우리는 넷이다."

"그래도 조심해. 상대는 본체로 변하지도 않고 나를 이 지경까지 몰아붙였어."

바르바나의 말에 다들 끄덕이며 아더를 노려보았다.

"이제 준비가 다 됐어? 더 기다려 줘?"

아더는 그런 그들에게 친절하게 말하는 척하며 도발했다.

그 도발은 성질 더러운 드래곤들에게 곧바로 통했다.

"으드득! 네놈의 드래곤 본은 얼마나 단단한지 직접 확인하겠다!"

그와 동시에 드래곤들이 일제히 아더를 향해 공격을 시작했다.

한편, 멀리서 이 장면을 지켜보던 드워프들은 덜덜 떨고 있었다.

"맙소사, 드래곤끼리 전투라니."

"여, 여기도 위험합니다. 더, 더 멀리 물러나야 합니다."

드워프들이 두려운 눈빛을 하며 서둘러 뒤로 물러나려고 할 때였다.

쿠콰콰콰쾅-!

쿠쿠쿠쿠쿵-!

지축이 흔들리며 귀가 멍할 정도의 굉음들이 터져 나왔다.

"크으윽!"

드워프들은 흔들리는 땅 위에서 몸을 제대로 가누지도 못한 채 자신들의 귀를 막으며 괴로워했다.

사실 이들은 드래곤들이 싸우는 것을 본 적이 없었다.

드래곤이 강하다는 것은 잘 알고 있었지만 실제로 얼마나 강한지 경험해 본 적이 없었는데 오늘 그것을 제대로 느끼고 있었다.

"이, 이런 힘이라니."

"왜 위대한 존재라고 부르는지 알 것 같습니다!"

그들은 다들 땅바닥에 바짝 웅크린 채로 드래곤들의 전투를 지켜보았다.

드래곤들은 어느새 하늘 위로 올라가서 치열하게 아더를 공격하고 있었다.

아더는 네 드래곤의 합공에도 전혀 힘들어하는 기색 없이 그들의 공격을 여유 있게 방어하고 있었다.

그 모습은 아래에서 지켜보던 드워프들에게 엄청난 충격을 주었다.

"저, 저럴 수도 있나? 어찌 저리 강하지?"

"심지어 저 드래곤은 본체로 변하지도 않았습니다. 그런데도 네 드래곤의 저 엄청난 공격을 전부 막아 내고 있다니."

"드, 드래곤들의 신이 아닐까? 그러지 않고서야……."

드워프들은 아더의 엄청난 강함에 경악하고 있었다.

경악하는 것은 드워프들뿐이 아니었다.

"미친! 뭐야! 뭐냐고!"

"저게 우리와 같은 드래곤이라고? 말이 돼?"

"맞아! 맞으라고! 빌어먹을!"

드래곤들은 악다구니를 써 가며 아더를 공격했으나, 자신들의 공격은 전부 아더의 손에 무용지물이 되어 가고 있었다.

"기가 프레셔!"

"플레임 마스터리!"

"블리자드 스톰!"

"유니언 매직!"

자신들이 할 수 있는 최강의 마법들을 뿌리는 것도 모자라 그것들을 중첩하여 공격했지만, 아더는 여유롭게 그것을 방어하며 즐거워하고 있었다.

"제법들이네. 하지만 이제 재롱은 여기까지. 인벌리드."

화악-!

아더는 자신에게 오던 모든 마법을 무효화시켜 버리고는 분신을 만들어 각각 드래곤들을 동시에 패기 시작했다.

퍼퍼퍼퍼퍼퍽-!

하늘은 두꺼운 드래곤 가죽을 두드리는 소리로 가득했다.

끝도 없이 울려 퍼질 것 같던 드래곤 가죽 때리는 소리는 육중한 소리와 함께 사라졌다.

아더의 공격을 맞은 드래곤들이 땅으로 떨어졌다.

땅에서 꿈틀거리며 기절한 드래곤들을 보며 아더는 미소를 지었다.

"주인이 좋아하시겠군. 튼실한 종들이 새로 생겨서."

그러고는 저 멀리서 덜덜 떨고 있는 드워프들을 바라보며 눈을 찡긋거렸다.

그 모습에 드워프들은 자신들의 주인이 바뀔 것 같은 느낌을 강하게 받으며 미래를 걱정하기 시작했다.

아더에게 패한 드래곤들은 패했음에도 자신들의 패배를

인정하지 않았다.

결국, 아더가 본체로 변신해서 진정한 강함이 무엇인지 보여 준 후에야 고분고분해졌다.

"여기서 건축 쪽에 뛰어난 드워프를 보유한 드래곤, 손."

아더의 말에 다들 서로를 바라만 볼 뿐 그 누구도 나서는 이가 없었다.

"없어? 아니, 레어를 지을 때 건축에 능한 드워프를 쓸 거 아냐."

"레어는 그냥 저희가 편히 잘 수 있게끔 커다랗게만 만들면 되어서……."

"마, 맞습니다. 그냥 넓기만 하면 되고 딱히 외관을 꾸며야 할 이유도 없어서요."

"보석을 만드는 드워프 채우기도 바쁜데 건축이라니요. 그런 비생산적인 일을 하는 드래곤이 어딨습니까?"

이들이 말하는 내용은 하나였다.

아더가 원하는 드워프는 없다는 것이다.

그러다가 골드 드래곤이 조심스럽게 손을 들며 자신이 아는 바를 이야기했다.

"사실 거, 건축 쪽에 재능이 있는 드워프들이 어디에 있는지 알고 있습니다. 그곳을 알려 드리면 저희를 그냥 보내 주시나요?"

골드 드래곤의 말에 아더가 미소를 지으며 고개를 저었다.

"아니? 그냥 못 보내 주는데? 왜? 안 보내 준다고 하면 말 안 할 거야? 응?"

골드 드래곤은 자기가 말을 잘못했다는 사실을 깨달았다.

"아닙니다……."

"자식들, 걱정하지 마라. 잡아먹진 않는다. 아무려면 내가 동족들을 박대하고 그러겠냐."

신뢰가 가진 않았지만 어쩌겠는가.

"아, 알겠습니다. 그럼 말씀드리겠습니다."

"아니, 직접 데리고 내가 말한 좌표로 와."

"네? 제, 제가요?"

"왜? 싫어?"

"제, 제가 간다고 하고 도망가면 어쩌시려고요?"

"오호! 그런 배짱이 있다면 환영이지. 세상 끝까지 쫓아가 줄게. 나 그런 거 좋아해. 누군가를 찾고 쫓고 이러는 거. 그리고 잡았을 때 그 쾌감! 거기에 나에게 잡혀서 공포에 떠는 모습. 이런 거 아주 좋아하거든."

아더의 말에 골드 드래곤은 고개를 푹 숙이고는 기어가는 목소리로 답했다.

"아, 아닙니다. 제가 직접 데리고 말씀하신 곳으로 가겠습니다."

골드 드래곤의 말에 나머지 드래곤이 아더의 눈치를 살피며 조심스럽게 물었다.

"그, 그럼 저희에게는 보, 볼일이 없으신 거죠?"

그들의 물음에 아더가 다시 고개를 저었다.

"너희는 나를 따라간다. 내가 소개해 줄 사람이 있어서 말이지."

"사람이요?"

"크크크. 보면 안다. 너희는 나를 따라간다. 알았지?"

"……네."

"물론, 저기서 쳐다보고 있는 드워프들도 포함이야."

"……네……."

아더를 따라 벨리 마운틴 성으로 이동한 드래곤들과 드워프들은 사방을 둘러보며 감상을 했다.

"이곳은 어디입니까?"

"벨리 마운틴."

"네? 제가 아는 벨리 마운틴은 이렇지 않은데요?"

바르바나가 놀란 표정으로 아더의 말에 다시 주변을 둘러보았다.

"이곳을 이렇게 바꾸신 것이 아더 님입니까?"

"아니."

"그럼 이곳이 아더 님의 영역입니까?"

"아니."

"그럼 왜 이곳에? 설마, 소개해 준다는 사람이 저기 저 성의 성주입니까?"

"아마도?"

"도대체 왜?"

"그건 가 보면 안다."

아더는 미소를 지으며 이들을 데리고 성안으로 들어갔다.

성안으로 들어가자 수많은 기사단이 아더를 보며 극경의 예를 갖추어 인사를 하기 시작했다.

"아더 님! 오셨습니까?"

아더는 이들의 인사를 받아 주며 계속 이동했다.

─저걸 봐! 저건 신성 제국의 기사단 복장이다.

─저건 칼빈 제국의 철사자단 복장인데?

─뭐야, 여긴? 왜 저들이 같이 있는 건데?

드래곤들은 서로에게 텔레파시를 보내며 성안에 있는 기사단들과 이 성의 정체에 대해 의논했다.

그렇게 한참을 가서 도착한 곳은 안에 성주가 있을 법한 거대한 문 앞이었다.

"이 안에 성주가 있는 겁니까?"

바르바나의 질문에 아더가 고개를 끄덕이며 말했다.

"성주님이 계신 곳이지. 그분에게는 절대로 무례를 범하지 마라. 만약, 무례를 범하는 놈이 있다면⋯⋯."

찌릿- 찌릿-!

아더는 드래곤들을 바라보며 지금까지 한 번도 보여 주지 않았던 살기를 이들에게 날렸다.

그 엄청난 살기에 드래곤들의 동공이 크게 떠졌다.

아더의 진심이 담긴 살기는 세 드래곤이 감당할 수 있는 것이 아니었다.

'미친! 우리를 상대할 때 전력을 다한 것도 아니었어!'

'크윽! 이런 살기라니. 살기만으로도 숨이 멎을 것 같다.'

'이렇게 강한 드래곤이 존재한다고? 믿을 수 없어.'

세 드래곤은 부들부들 떨면서 아더의 말에 고개를 격하게 끄덕였다.

그러자 살기를 순식간에 가라앉히며 언제 살기를 날렸냐는 듯이 미소를 머금고 문을 여는 아더였다.

세 드래곤은 안도의 한숨을 쉬며 도대체 어떤 인간이길래 저 엄청난 드래곤이 극존칭을 쓰며 신신당부하는지 궁금해했다.

문을 열고 들어가자 화려한 대전이 모습을 드러냈고 거기에 한 인간이 환한 미소를 지으며 아더를 반겼다.

"어디 다녀오는 길이야? 안 보이던데."

아더를 반기는 인간은 당연히 영웅이었다.

자연스럽게 하대를 하며 아더를 반기는 모습에 세 드래곤의 눈이 동그랗게 떠졌다.

하찮은 인간이 지금 눈앞에 계신 분이 누군지 알고 저리 함부로 말을 한단 말인가.

분노를 터트리고 저 인간의 사지를 갈기갈기 찢어 버리고 싶었지만 아더가 남긴 당부를 떠올리며 참았다.

인내심을 가지고 입을 꾹 다물고 있는데 다문 입이 쩍 벌어지는 상황이 벌어졌다.

"네! 주인. 볼일이 좀 있어서 나갔다 왔습니다."

주인이란다.

천하의 드래곤에게 주인이 있는 것도 어이가 없는데 그 대상이 다른 이도 아닌 인간이었다.

다들 믿기지 않는 표정으로 입을 벌린 채 눈만 끔벅끔벅하고 있을 때 영웅이 이들을 바라보며 물었다.

"저기 붕어처럼 입만 뻐끔거리는 놈들은 뭐냐?"

영웅의 말에 아더가 뒤를 돌아보니 경악한 표정으로 자신을 바라보고 있는 세 드래곤이 보였다.

그 모습에 피식 웃곤 다시 영웅에게 고개를 돌리며 말했다.

"새로운 수하들입니다. 아무래도 능력 있는 수하들이 많으면 일하기가 편하지 않겠습니까? 나중에 현세로 갈 때도 데려가십시오."

"흠, 새로운 수하들이라고? 저놈들도 드래곤인가?"

"그렇습니다. 이 동네에 사는 드래곤들입니다."

아더의 말에 영웅이 고개를 끄덕이며 세 드래곤을 바라보았다.

"반갑다. 앞으로 잘 지내보자."

"······."

"······."

영웅의 말에 다들 대답은 하지 않고 눈빛을 피하고 있었다.

하는 행동을 보니 차마 인간을 모시겠다고 대답하기가 꺼려지는 모양이었다.

그 모습에 영웅이 미소를 지으며 아더에게 말했다.

"뭐야? 얘기 다 하고 온 거 아니었어? 괜히 무안하네. 아더 능력이 이거밖에 안 되는 거야?"

영웅은 장난치듯이 말했지만, 아더는 그것을 장난이 아닌 진심으로 받아들이고 있었다.

눈이 시뻘겋게 변한 아더가 세 드래곤을 노려보기 시작했다.

눈빛만으로도 죽일 것 같은 모습이었다.

"그만해라. 왜 약한 애들 기죽이고 그러냐. 그리고 저렇게 마음도 없는 애들 받아서 어디에 쓰냐? 그냥 돌려보내."

영웅의 말에 아더의 살기가 순식간에 누그러지면서 고개를 숙였다.

"알겠습니다. 돌려보내겠습니다."

아더의 말에 영웅은 고개를 끄덕이고는 그곳을 떠났다.

영웅이 사라지고 아더가 세 드래곤을 바라보며 말했다.

"주인 말 들었지? 가라."

"저, 정말로 갑니까?"

"응, 가."

드래곤들에게 가라고 시크하게 말하고는 몸을 휙 돌려서 밖으로 나가 버리는 아더였다.

세 드래곤은 황당한 표정으로 그곳에 멍하니 서 있었다.

"뭐야? 정말로 가도 되는 건가?"

"우리를 시험하는 거 아니겠어? 정말로 가나 안 가나 어디선가 지켜보고 있겠지."

"아니야. 아까 못 들었어? 저 괴물 드래곤의 주인이라는 인간이 우리를 보내라고 했잖아."

"나는 그게 더 경악이다. 저렇게 강한 드래곤이 뭐가 아쉬워서 인간을 섬기고 있지?"

"속아서 맹약을 잘못 맺은 것이 아닐까? 드래곤의 맹약을 맺으면 싫어도 해야 하잖아."

"그렇지. 드래곤의 맹약은 목숨과도 같은 것이니까. 아무리 그래도 저렇게 깍듯하게 대한다고?"

"오랜 세월 동안 지내다 보니 자연스럽게 몸에 익은 것이 아닐까?"

이들은 자유의 몸이 되었음에도 그곳을 떠나지 않고 계속 아더와 영웅의 관계에 관해 토론하고 있었다.

"혹시, 우리를 이곳에 데려온 이유가 자신을 맹약으로부터 구해 달라는 의미 아닐까?"

"음……. 일리가 있군."

"맹약을 맺은 주인이 다른 누군가에게 죽는다면 맹약은 자연스럽게 풀리니까 가능성이 있어."

"우리가 그를 맹약의 저주에서 풀어 준다면 그는 우리를 은인으로 알겠지."

"그런데 아까 그 인간……. 우리가 드래곤임을 알면서도 대수롭지 않다는 표정을 지었어. 정말로 저 괴물 드래곤과 맹약을 맺어서 주종 관계가 된 거라면 우리와도 맹약을 맺으려고 해야 하는 거 아냐?"

"드래곤의 맹약은 여러 드래곤과 동시에 맺을 수 없어. 그것도 모르는 거야?"

"아, 맞다. 그렇지. 그럼 우리를 서둘러 내보내는 이유는 우리가 불편해서겠군."

이들이 대화를 나눌수록 영웅은 아더를 속여 맹약을 맺은 파렴치한이 되어 가고 있었고, 아더는 자신들이 구해 줘야 할 동족이 돼 가고 있었다.

"우리가 하자!"

"그래! 비록 첫 대면은 거지 같았지만 동족이 인간 따위에게 이용당하는 것을 보고 있을 수는 없지."

다들 결심에 찬 눈빛으로 고개를 끄덕이고는 영웅이 사라진 방향으로 몸을 돌려 걸어갔다.

자신들이 가는 그곳이 지옥의 입구라는 것도 모른 채.

영웅은 황당한 표정으로 아까 보내 줬던 세 드래곤을 바라보고 있었다.

"그러니까 내가 아더를 속여서 맹약을 맺고 그를 종 부리듯이 부리고 있다, 이 말이야?"

"그렇다! 인간! 감히, 위대한 종족인 드래곤에게 그런 짓을 하고도 무사할 줄 알았더냐!"

"하! 너희 정말 큰 오해를 하고 있는데?"

"흥! 왜? 이제 겁이 나느냐? 어쩌나? 네놈이 애타게 기다리는 레드 드래곤은 다른 곳으로 가고 없는데?"

이들은 아더가 어딘가로 날아가는 것을 확실하게 느끼고 이렇게 행동하고 있었다.

아더가 근처에 있다면 눈앞의 인간을 지키기 위해 어쩔 수 없이 와야 하지 않겠는가.

이들은 아더가 자신들에게 인간을 처리해 달라는 뜻으로 멀리 자리를 피했다고 생각했다.

"그러니까 내가 아더를 믿고 지금 이러는 거다?"

"그렇다! 인간!"

"하찮은 인간 따위가 우리를 그런 눈으로 바라보다니. 일단 그 눈부터 뽑아 주지."

영웅은 어이가 없는 표정으로 자신의 눈앞에 있는 세 마리의 드래곤을 바라보았다.

"그래도 기회를 주겠다. 너의 심장에 손을 대고 나는 드래곤과 맺은 맹약을 해제하겠다고 말하라."

그 말에 영웅은 피식 웃으며 자신의 심장이 있는 곳에 오른손을 가져다 대고 말했다.

"나는 드래곤과 맺은 맹약을 해제한다."

하지만 아무런 일도 일어나지 않았다.

세 드래곤은 순간 당황한 표정으로 영웅을 바라보았다.

"어? 뭐야? 왜 아무런 현상도 일어나지 않는 거야?"

"서로의 심장에 맹약을 걸었으니 풀려야 할 텐데? 뭐지?"

당황하는 이들에게 영웅이 가슴에서 손을 떼며 말했다.

"그야 맹약을 맺은 적이 없으니까."

"그럴 리가 없다!"

이들은 당황스러운 나머지 영웅의 표정이 점차 변해 가는 것을 인지하지 못하고 있었다.

차가운 미소를 짓던 영웅이 세 드래곤을 바라보며 말했다.

"알려 줘? 왜 레드 드래곤이 나를 따르는지?"

세 드래곤은 자신들도 모르게 고개를 끄덕였다.

알 수 없는 오한이 들며 절대로 고개를 끄덕이면 안 된다고 몸이 경고를 날리고 있었지만, 호기심이 그것을 무시하게 했다.

인간이 드래곤을 수족으로 부리는 방법을 알게 된다면 훗날 드래곤 종족에 닥칠 위기를 미연에 방지할 수도 있다는 생각을 한 것이다.

"그래, 알려 주지. 아주 친절하게 말이야."

슈팍-!

퍼퍽-!

"끄어어억!"

순식간에 바르바나의 앞으로 이동한 영웅의 주먹이 복부에 깊숙이 박혀 들어가 있었고 바르바나는 눈이 튀어나온 채 고통에 숨도 못 쉬고 있었다.

"아더가 날 왜 따르냐고?"

슈학-!

빠악-!

그린 드래곤의 머리에 영웅의 뒤돌려 차기가 적중했다.

쿠당탕탕탕-!

구석까지 날아가 꿈틀거리는 그린 드래곤.

그대로 몸을 회전하며 남은 블루 드래곤의 턱을 올려 쳐 버리는 영웅이었다.

"커헉!"

쿠당탕탕-!

하늘 높이 날아올랐다가 바닥으로 떨어진 블루 드래곤 역시 몸을 부들부들 떨며 움직이질 못하고 있었다.

바르바나만이 믿기지 않는 표정으로 영웅을 바라보고 있을 뿐이었다.

그런 바르바나를 쳐다보던 영웅이 미소를 지으며 말했다.

"내가 강하기 때문이지."

영웅의 마지막 한마디에 바르바나는 아까부터 느껴졌던 찝찝함이 바로 이것임을 깨달았다.

저 인간은 맹약 따위로 그 괴물 드래곤을 수족으로 부리는 것이 아니었다. 그 괴물 드래곤보다 훨씬 더 강한 괴물 인간이어서 가능했던 것이었다.

그것을 깨닫고 재빨리 용서를 빌려고 했지만 늦었다.

"아냐, 아냐. 아직 시간은 많아. 난 또 나에 대해 이렇게 관심들이 많은 줄도 모르고……. 그냥 보내려고 했으니 얼마나 섭섭했겠어. 오늘 천천히 우리 서로에 대해 알아가 보자. 밤은 기니까……."

영웅이 바르바나의 입을 봉하며 사악하게 웃었다.

그 모습을 보고 공포에 빠져드는 바르바나였다.

＊＊＊

쿠당탕탕탕–!

"쿨럭! 쿨럭!"

"헉헉! 헉!"

"으윽!"

사방에서 숨이 헐떡거리는 소리와 신음이 들려왔다.

세 마리의 드래곤이 본체로 변한 채로 영웅과 대련을 하는 중이었다.

말이 좋아 대련이지, 사실 일방적으로 처맞는 중이었다.

"다시."

영웅이 한 손으로 까닥거리며 말하자 세 드래곤이 눈물을 흘리며 납작 엎드렸다.

"저희가 잘못했습니다!"

"맞습니다! 저희가 천 번, 만 번 잘못했습니다!"

"뭐를? 뭐를 잘못했는데?"

"이, 이렇게 엄청나고 존귀하신 분인지도 모르고 감히 덤빈 것입니다!"

"그래. 잘못했으니까 대가를 치르고 가라니까? 앞으로 여든 번 남았다."

영웅은 기절했다가 다시 일어난 드래곤들에게 기회를 주었다.

본체로 변해서 자신을 공격할 기회를 말이다.

백 번의 대련 중에서 단 한 대라도 자신을 때린다면 풀어주겠다는 조건이었다.

지금 스무 번째 대련이 막 끝난 참이었고 세 드래곤은 온

몸에 멀쩡한 곳이 없을 정도로 망가져 있는 상태였다.

물론, 영웅의 옷자락 하나 건드리지 못한 것은 당연한 일이었다.

옷자락이 아니라 한 방을 견디지 못하고 기절하기를 스무 번째 반복하고 있었다.

그냥 기절하는 것도 아니었다.

극한의 고통 속에서 서서히 정신을 잃어 가는 것을 스무 번째 반복한 것이다.

자신들을 이곳으로 데려온 아더도 한 방에 이런 고통을 주진 못했다.

물론, 아더가 진심으로 공격한 것이 아니니 비교를 할 수는 없었지만, 눈앞의 인간 역시 진심을 다하는 것으로 보이지 않았다.

"맷집들이 약하네. 아더는 그래도 이렇게 쉽게 기절은 안 했는데."

영웅의 말에 세 드래곤의 동공이 세차게 떨렸다.

그 괴물 드래곤도 눈앞의 인간에게 얻어맞았다는 말이 아닌가.

"마, 맞습니다! 저희 맷집 약합니다! 더 맞으면 죽어요!"

"여기 사, 상처를 보십시오! 더 맞으면 저희 정말로 죽습니다! 그러니 제발! 용서해 주십시오!"

저절로 존대가 튀어나오고 있는 드래곤들이었다.

그들의 말에 몸을 살펴보니 정말로 상태가 말이 아니었다.

"그렇군. 상처들이 심하네. 내가 좀 심했나?"

영웅의 말에 세 드래곤은 속으로 희망을 품고 겉으로는 최대한 불쌍한 표정을 지었다.

"그래. 이렇게 넝마로 만들어 놓고 패는 건 좀 그렇지? 나도 참."

그리 말하더니 손을 뻗어 드래곤들에게 향했다.

"리스토어."

챠라라랑-!

순간 성스러운 하얀빛이 드래곤들을 감쌌고 몸에 나 있던 수많은 상처가 순식간에 아물어 갔다.

아문 정도가 아니라 이곳에 올 때보다 더 단단하고 강해진 기분이었다.

하지만 드래곤들은 너무 놀라서 상처가 아무는 것에 신경 쓸 틈이 없었다.

"이, 이런 말도 안 되는 시, 신성력이라니……."

"이, 인간의 몸에 이, 이런 신성력을 가지고 있는 걸 미, 믿으라고?"

"서, 설마? 주, 주신……이십니까?"

드래곤들이 경악을 하며 뒷걸음질을 치거나 말거나, 뭐라고 말을 하든 말든 전혀 신경 쓰지 않은 영웅은 미소를 지으며 다시 주먹을 말아 쥐었다.

"아직 여든 번 남았어. 그거 다 끝내고 대화하자. 세 번에 한 번씩 치료해 줄게. 몸 다치는 건 걱정하지 마."

엄청 잔인한 말을 너무도 다정하게 말하는 영웅.

다들 몸을 부들부들 세차게 떨며 점점 더 멀리 뒷걸음질을 쳤다.

"튀어! 매직 미사일 스톰!"

순간 하늘에서 수많은 마나 덩어리가 영웅을 향해 날아왔고 드래곤들은 그 찰나의 순간에 도망칠 준비를 했다.

"텔레포트!"

순간 이동으로 그곳을 빠져나가려는 순간 하늘에서 많이 듣던 목소리가 들려왔다.

"인벌리드."

모든 마법을 무효화시키는 절대 마법이었다.

다급하게 도망치려던 세 드래곤은 떨리는 동공으로 목소리가 들려온 곳을 바라보았다.

그곳에는 아더가 차갑게 식은 눈빛으로 자신들을 바라보고 있었다.

"감히……. 주인에게 무례를 범하지 말라고 그렇게 당부를 했는데……."

누가 들어도 분노가 가득한 목소리였다.

이제 자신들은 죽었다고 생각하는 찰나에 구세주가 등장했다.

"뭐야? 애들 지금 나랑 재밌게 놀고 있는데 왜 방해하냐?"

영웅이 매직 미사일 스톰을 권풍으로 모조리 날려 버린 뒤에 천천히 걸어오고 있었다.

"숨바꼭질 타임이었는데 방해를 하고 그래."

영웅의 말에 아더는 언제 차가운 표정을 지었나 싶을 정도로 순식간에 온화한 미소를 지으며 굽신거렸다.

"아! 그, 그랬습니까? 제가 또 눈치 없이 주인께서 노는 것을 방해했군요."

세 드래곤은 아까와는 달리 아더의 모습을 보며 왜 저러는지 절실하게 깨닫고 있었다.

-멍청한 놈들. 아까 가라고 할 때 갔어야지. 이제 주인을 모시지 않는 한 네놈들에게 자유는 없다.

아더의 텔레파시가 세 드래곤의 뇌리에 박히고 있었다.

"무슨 이야기를 그렇게 재미나게 해. 에이, 주인으로 안 모셔도 돼."

"헉! 테, 텔레파시가 드, 들리십니까?"

"뭐, 들으려고 한 건 아니고."

아더가 눈을 크게 뜨며 경악했고 뒤에 있던 세 드래곤은 찢어질 정도로 입을 크게 벌린 채 침을 뚝뚝 흘리고 있었다.

정말로 인간이 아니었다.

"뭘 그렇게 괴물 보듯이 보냐? 미안하다니까. 일부러 들은 건 아니고 요즘 내가 계속 강해지고 있어서 말이지."

이 말이 더 충격이었는지 아더가 뒷걸음질 치며 물었다.

"네에? 거, 거기서 더 강해지고 있다고요?"

"응, 요즘은 나도 느낄 정도로 강해지고 있어. 거참, 알 수가 없네. 수련도 안 하는데 왜 강해지는 거야."

지금도 접근조차 할 수 없을 정도로 강한데 저기서 더 강해지고 있단다.

아더뿐 아니라 세 드래곤 역시 믿기지 않는 표정으로 영웅을 바라보고 있었다.

영웅은 그런 드래곤들에게 환하게 웃으며 말했다.

"자, 여든 번 얼른 채우자."

그 소리에 울상이 되어 가는 세 드래곤들과 자신도 저 여든 번에 포함될까 봐 재빨리 그곳을 피하는 아더였다.

"이곳인가?"

수많은 드워프를 데리고 나타난 금발의 남자.

바로 건축에 능력이 있는 드워프족을 데리러 갔던 골드 드래곤 도로스였다.

도로스는 주변을 두리번거리며 이곳이 어디인지 살폈다.

그때 머리 위에서 목소리가 들려왔다.

"넌 또 뭐냐?"

도로스가 깜짝 놀라 위를 바라보니, 인간 하나가 플라잉 마법을 펼치고 있는지 공중 위에 둥둥 떠 있었다.

그 모습에 도로스는 어이가 없는 웃음을 지으며 말했다.

"인간, 내려와라. 나는 위대한 존재다."

자신의 정체를 말했으니 이제 저 인간은 사색이 되어 자신 앞에 무릎을 꿇고 벌벌 떨 것이다.

그리 생각하고 기다리는데 아무리 기다려도 내려올 생각을 하지 않는 것이다.

도로스는 다시 위를 올려다보며 재차 말했다.

"내 말이 안 들리나?"

아더의 영역만 아니면 당장 저 건방진 인간을 갈기갈기 찢어 버렸을 것이다. 하지만 도로스는 엄청난 인내심을 발휘하며 참았다. 드래곤 생에 이렇게 참아 본 것은 처음일 것이다.

"위대한 존재? 너도 드래곤이냐?"

"너도?"

"뭔 놈의 드래곤이 이렇게 많아?"

도로스와 대화를 하는 인간은 영웅이었다.

갑자기 수많은 생명체의 반응이 나타나기에 뭔가 싶어서 나와 본 것이다.

도로스는 영웅의 거침없는 말에 그를 유심히 살폈다.

혹시나 자신과 같은 드래곤인가 싶어 살펴봤지만, 아니었다.

"이상하네? 인간이 분명한데? 뭘 먹고 이리 겁이 없지?"

그런 도로스의 의문은 곧 경악으로 바뀌었다.

영웅이 누군가를 크게 부른 것이다.

"야! 너희, 이리 와 봐!"

도로스는 고개를 갸웃거리며 영웅이 소리친 방향을 바라 보았다.

그 방향에서는 익숙한 얼굴들이 다급한 모습으로 달려오고 있었다.

도로스는 반가운 마음에 소리쳤다.

"하하! 다들 여기 있었구나! 여기야! 여기!"

하지만 친구들은 도로스를 지나쳐 자신에게 건방을 떨던 인간에게 달려갔다.

그 순간 도로스는 친구들이 저 인간을 자신 대신 벌하려는 줄 알고 웃었다.

그것이 큰 착각이었다는 것을 깨닫기까지는 긴 시간이 필요하지 않았다.

"주인님! 부르셨습니까!"

털썩―!

자신의 친구들이 영웅을 부르는 칭호에 도로스는 다리에 힘이 풀렸는지 그 자리에서 주저앉아 버렸다.

지금 이게 무슨 상황인지 파악이 되지 않는지 혼돈에 빠진 표정으로 자신의 친구들을 바라볼 뿐이었다.

그러다가 정신을 차리고 친구들에게 소리쳤다.

"자, 장난 그만해! 너희는 자존심도 없냐! 아무리 장난이라도 그렇지, 어디 인간 따위에게 고개를 숙이는 거냐!"

도로스는 자신이 정색하며 화를 내면 친구들이 웃으며 장난이라고 할 줄 알았다.

아니, 제발 그래 주길 바랐다.

그런데 자신의 말에 친구들의 안색이 새파랗게 변해 가기 시작했다.

그리고 옆에 있는 인간의 눈치를 살피며 안절부절못하고 있었다.

"저, 저놈이 모, 몰라서 그런 겁니다. 저, 저희는 상관이 없습니다."

"맞습니다! 아시지 않습니까? 저, 저희는 계속 이곳에 있었습니다."

최선을 다해 자신들과 관련이 없음을 어필하는 세 드래곤을 바라보며 도로스는 이게 장난이 아니라는 것을 깨달았다.

영웅은 어느새 바닥으로 내려왔고 도로스의 친구들은 그런 영웅의 뒤에선 채 두 손을 공손히 모으고 서 있었다.

"그럼 쟤는 여기 왜 온 거야?"

"그, 그게 아더 님이 건축에 뛰어난 능력을 갖춘 드워프를 데려오라고 하셨습니다. 그래서 저놈이 그 드워프들을 데리러 간 것입니다."

"흠, 건축에 뛰어난 드워프?"

영웅은 무심코 자신이 기거하는 성을 바라보았다.

딱 봐도 오랫동안 관리가 되지 않아 흉물 같은 모습이었다.

"하긴, 저건 내가 봐도 좀 심하군."

그리고 다시 도로스를 바라보며 말했다.

"쟤도 백 번 해야 하나? 귀찮은데……."

그렇게 말하며 뒤에 공손하게 서 있는 드래곤들을 바라보았다.

그때, 아더가 나타났다.

도로스는 아더를 보자마자 두려운 눈빛으로 고개를 숙였다.

그리고 숙였던 고개를 다시 들게 하는 한마디.

"네가 오라고 그랬냐?"

저 겁 없는 인간이 지금 누구에게 저런 막말을 하는 것인가.

도로스가 화들짝 놀라서 고개를 들었고 그의 눈에 보이는 풍경은 그의 입을 쩍 벌어지게 했다.

아더, 저 괴물 드래곤이 인간에게 두 손을 공손히 모은 채 굽신거리고 있는 것이다.

"그렇습니다, 주인. 성이 너무 흉물스러워서 새 단장을 좀 할까 하고요."

"응, 나도 방금 봤다. 잘했네."

영웅은 아더의 머리를 쓰다듬어 주었고 아더는 그런 영웅의 손길을 받으며 행복해하고 있었다.

이 모습은 도로스에게 엄청난 충격을 안겨 주었다.

아더가 누구인가.

자신들이 전부 덤벼도 어쩌지 못하는 괴물 드래곤이었다.

기나긴 드래곤 역사에서도 손에 꼽힐 정도로 강한 드래곤이라 생각하는 이가 바로 아더였다.

그런 드래곤이 인간에게 굽신거리는 것도 모자라 마치 한마리 순한 강아지처럼 행동하고 있었다.

도로스는 친구들이 자신에게 한 행동이 단순한 장난이 아니라는 것을 점차 깨닫기 시작했다.

놀라 자빠지는 것은 도로스뿐이 아니었다.

뒤에 열 맞춰서 서 있던 드워프들도 경악한 얼굴로 지금 상황을 바라보고 있었다.

자신들의 눈앞에 있는 세 드래곤은 모두 아는 드래곤들이었다.

처음에 그들이 나타났을 때 이들은 두려움에 떨었다.

골드 드래곤인 도로스 하나로도 이렇게 무서운데 그도 모자라서 셋이나 더 나타났으니 어찌 두렵지 않겠는가.

그런데 세 드래곤이 인간에게 고개를 숙이는 것이 아닌가.

도로스가 장난하지 말라고 소리치는 것에 드워프들도 동의하며 자신들도 모르게 고개를 끄덕였다.

그러다가 아더라는 인물이 나타났고 돌아가는 상황을 보니 저자도 드래곤으로 보였다.

그것도 이곳에 있는 네 드래곤이 벌벌 떨 정도로 막강한 드래곤.

종족 특성상 드래곤을 자주 만나는 드워프들이었지만 그들도 이렇게 한꺼번에 많은 드래곤을 본 것은 처음이었다.

그리고 그 드래곤들이 한 인간에게 쩔쩔매는 것은 이 세계가 탄생한 이래 처음일 것이다.

한편, 아더는 멍하니 서 있는 도로스를 바라보며 나직하게 말했다.

"뭐 하냐. 나의 주인이시다. 인사 올리거라."

살기가 살짝 섞여 있었는지 도로스가 자신도 모르게 몸을 부르르 떨면서 어정쩡한 모습으로 인사를 했다.

평생 인간을 벌레 같은 존재로 생각하며 살아왔는데 그 벌레에게 인사를 하려니 몸이 생각처럼 움직이지 않은 것이다.

당연히 그 모습은 아더의 분노를 샀고 두꺼운 가죽이 흐물흐물해질 정도로 얻어맞았다.

바닥에 쓰러져서 꿈틀거리는 도로스를 바라보며 영웅이 아더에게 한마디 했다.

"살살 좀 하지, 불쌍하게."

그 말에 뒤에 서 있던 세 드래곤은 속으로 생각했다.

'우리는 안 불쌍해서 그렇게 팼습니까!'

물론, 속으로만 생각했다.

"일단은 뭐, 손님들이니까 성으로 데려가자."

"알겠습니다, 주인."

아더가 공손하게 말하고는 뒤에 서 있는 드래곤들에게 명령했다.

"주인 말씀 들었지? 옮겨."

"네!"

이 세상에는 세 개의 거대한 대륙이 존재하고 있었고, 그 중심에는 거대한 염호(鹽湖)가 존재하고 있었다.

그 호수 중앙에는 커다란 섬이 있고 그곳에 한 제국이 존재하고 있었다.

바로 세인트 신성 제국이었다.

크루나투교라 불리는 종교의 교황이 있었고 이 종교는 모든 대륙에 엄청난 영향력을 발휘하고 있었다.

그도 그럴 것이, 이곳 세상에 존재하는 신 중에서 가장 강한 주신을 받들어 모시는 종교였기 때문이었다.

이들은 신의 계시를 받았다며 크루나투교를 배척하는 나라나 단체, 그리고 사람들을 개종시키기 위해 그것을 전문적으로 하는 기사단을 운영하고 있었다.

중소 국가는 이 기사단에 의해 강제 개종되거나 끝까지 저항하다가 멸망하기도 했다.

　　하지만 이들은 그것을 잘못된 일이라고 생각하지 않았다.

　　당연히 해야 할 일이라 생각했고 그것은 신의 뜻을 따르는 신성한 작업이라고 생각했다.

　　그 기사단 중 하나인 성휘 기사단의 실종 소식이 제국에 날아왔다.

　　"흠, 벨리 마운틴으로 향하던 중에 연락이 끊겼다고?"

　　"그렇습니다."

　　"그 저주받은 땅엔 왜 갔을까? 거긴 사람도 살지 않는데."

　　"아닙니다. 사람이 살기는 합니다. 칼빈 제국의 삼 황자가 그곳으로 유배를 간 것으로 알고 있습니다."

　　"아, 들어 본 것 같군. 근데 그놈 엄청 유명한 망나니 아니었나?"

　　"맞습니다. 혹시 그 소문을 듣고 회개시키기 위해 이동한 것은 아닐까요?"

　　"그럴 수도 있겠군. 그놈들이야 뭐, 워낙에 충실한 신도들이니까 소문을 듣고 참을 수 없었을 수도 있겠군. 문제는 거기에 들어간 뒤에 소식이 끊겼다는 것이 아닌가."

　　"그렇습니다. 어찌할까요? 다른 기사단을 파견해서 조사해 볼까요?"

　　"음……. 조사라……. 혹시 칼빈 제국과 충돌이 있었던 것은 아닐까? 그렇잖아. 아무리 망나니여도 자기 자식인데. 거기다가 벨리 마운틴은 칼빈 제국의 영토기도 하고."

"그 부분에 대해서도 첩보원들에게 확인해 보았습니다만 칼빈 제국은 전혀 모르고 있는 눈치였습니다."

신성 제국의 교황 몬테리오는 시종의 말에 다시 고민에 잠겼다.

칼빈 제국에서도 모르는 일이라면 벨리 마운틴에 존재하는 무언가에 당했다는 말이 된다는 것이다.

망나니 삼 황자를 보호하는 자들이 성휘 기사단과 무언가 충돌이 있었다면 칼빈 제국에서 그 사실을 모를 리가 없을 테니 말이다.

"궁지에 몰렸을 수도 있겠군. 좋다! 지금 당장 세인트 기사단을 파견하여 벨리 마운틴을 조사하도록 하라. 칼빈 제국에는 협조 요청을 하고."

"알겠습니다."

시종이 종종걸음으로 물러나자 교황 몬테리오가 자신의 수염을 쓰다듬으며 생각에 잠겼다.

"뭘까? 이 불안함은. 느낌이 좋지 않아, 느낌이……."

그렇게 한참을 고민하더니 자리에서 일어나는 교황이었다.

"아무래도 성녀와 의논을 해 봐야겠군."

교황이 성녀를 만나러 이동하는 그 시각.

칼빈 제국은 혼란스러운 정국에 빠져들고 있었다.

카쉬 제국에서 항의 사신단을 칼빈 제국에 보낸 것이다.

"그게 무슨 말이오! 우리는 고홈 용병단을 만난 적이 없소이다!"

"말이 되는 소리를 하시오! 그럼 그들이 아무런 이유도 없이 당신네 제국으로 거처를 옮겼단 말이오? 지금이라도 늦지 않았소! 당장 고홈 용병단을 우리 제국으로 돌려보내시오!"

"하아, 진짜 답답하구먼! 우리는 모르는 일이라고 몇 번을 말하는 것이오!"

"그렇게 계속 발뺌하겠다는 것이오? 후회할 일을 만들지 마시오!"

"후회? 하! 지금 우리 제국을 협박하는 것인가?"

"협박? 하하하, 협박이라고 생각하다니. 이걸 왜 협박이라고 생각하지? 실제라는 생각은 안 드나?"

"뭐라? 전쟁이라도 하겠다는 것이냐!"

"못 할 것도 없지."

"못 할 것도 없지? 오호라, 인제 보니 우리와 전쟁을 하기 위해 억지를 부리는 것이었군. 네놈들의 시커먼 속내를 이제야 드러내는구나."

이곳의 분위기는 정말로 살벌하게 변해 가고 있었다.

탕탕탕-!

"그만!"

그때 한 노인이 탁자를 두드리며 사람들의 이목을 집중시켰다.

노인의 정체는 칼빈 제국의 공작인 알렌이었다.

"감정적으로 대화가 이루어지는 것 같은데 차분하게 마음을 가라앉히고 이성적으로 다시 대화를 시작해 봅시다. 그러니까 그대들은 고홈 용병단을 우리가 꼬드겨서 우리의 영토인 벨리 마운틴으로 거처를 옮기도록 만들었다는 말이오?"

"그렇습니다, 공작님."

"허어, 그대들도 알다시피 벨라 마운틴은 저주받은 땅이오. 생각해 보시오. 우리가 정말로 그들을 꼬드기고 영입할의사가 있다면 그런 저주받은 땅에 그들의 거처를 마련해 주겠소?"

알렌의 말에 카쉬 제국의 사람들이 움찔했다.

그들도 벨리 마운틴의 명성은 들어서 잘 알고 있었다.

사람이 살 수 없는 땅.

풀 한 포기 자라나지 않는 땅.

그곳이 바로 벨리 마운틴이었다.

"자 자, 그러면 이렇게 합니다. 우리끼리 여기서 이렇게떠들어 봐야 서로 기분만 상하니 직접 가서 물어봅시다. 도대체 왜 이곳으로 거처를 옮겼는지 말입니다. 어떻소?"

"좋소! 우리도 원하는 바요!"

"그럼 말 나온 김에 바로 준비해서 벨리 마운틴으로 이동합시다. 동의하는 것이지요?"

"동의합니다. 우리도 곧바로 준비하겠습니다."

공작의 말에 알렌이 고개를 끄덕였고 카쉬 제국의 사신단이 우르르 밖으로 나갔다.

"죄송합니다. 괜한 소란을 피워서 공작님만 번거롭게 만들었습니다."

"아니다. 나도 마침 궁금하긴 했다. 도대체 무슨 연유로 우리 영토로 거처를 옮겼는지 말이다. 너희도 알다시피 고홈 용병단의 무력은 어지간한 중소 국가를 능가한다. 그런 이들이 하필 우리 영토, 그것도 버려진 땅에 자리를 잡았다. 나는 이 이유를 두 가지 중 하나라고 생각한다."

"두 가지 중 하나라니요?"

"하나는 여러 나라에서 자꾸 귀찮게 하니 인적 없는 곳으로 거처를 옮긴 것과…… 하나는 벨리 마운틴을 거점으로 자신들의 나라를 세우는 것."

"예에? 마, 말도 안 됩니다!"

"그렇지. 말도 안 되지. 하지만 세상은 그 말도 안 되는 일들이 종종 일어나곤 하지. 그래서 확인하러 가는 것이다. 그들의 의중이 무엇인지 말이다. 겸사겸사 저들의 오해도 풀고 좋지 않으냐."

"과연! 공작님이십니다! 저희가 크게 배우고 갑니다."

"녀석들. 금칠은 그만하고 어서 준비하거라."

"네!"

어두컴컴한 동굴 속 중앙에 특이하게 생긴 마법진이 그려져 있었다.

마법진의 원 끝에 자쿠와 아크라가 연신 주문을 외우고 있었다.

주문을 외운 지 얼마나 지났을까?

마법진에서 빛이 새어 나오더니, 무언가가 서서히 생성되기 시작했다.

빛들은 뭉치기 시작하더니 이내 어떤 형상을 만들었다. 몸은 인간인데 얼굴은 산양의 모습을 한 무언가였다.

의문의 형상이 주변을 두리번거리더니 입을 열었다.

–왜 이리 늦었나?

형상의 질문에 자쿠가 대답했다.

"인간 놈들의 눈을 피해 정보를 수집하는 것이 쉬운 일인 줄 아나?"

–크큭, 대마왕님께서 오매불망 기다리고 계신다는 것을 잊은 거냐?

"바포, 말투가 별로 마음에 들지 않는데? 대마왕의 총애를 받는다고 네놈이 뭐라도 된 줄 아느냐?"

–뭐라도 된 거 맞지. 내 한마디면 너희를 배신자로 만들 수도 있다. 어때? 이제 좀 감이 오나? 내가 어떤 위치에 있는지?

바포라 불리는 환영이 자쿠와 아크라를 비웃으며 말하자 둘의 표정이 심각하게 일그러졌다.

과거였다면 억울하고 분해서 날뛰었겠지만, 지금은 아니다.

하지만 열받는 건 열받는 것이기에 둘은 나중에 영웅과 함께 마계를 정복하는 그날 저놈은 무조건 잡아 족치겠다고 다짐했다.

지금은 연기를 해야 했다.

분하고 열받는 표정으로 바포를 노려보면서도 아무 말 못하고 있는 둘을 보며 바포가 만족했는지 웃으며 말했다.

ㅡ크큭, 쫄기는. 이제 자신들의 위치를 잘 알았겠지? 자, 이제 이 바포 님에게 어서 보고서를 넘기도록.

둘은 부들부들 떠는 손으로 바포에게 인간 세상에 관한 보고서를 넘겼다.

바포는 그 모습을 양껏 즐기며 보고서를 받아 들었다.

ㅡ크큭, 고생했다. 다음 일정은 몽마(夢魔)를 통해서 알려주겠다.

스팟ㅡ!

순식간에 빛이 사라지고 어둠이 내려앉은 동굴 속.

거친 숨소리만 고요한 동굴 속을 채우고 있었다.

"저 새끼는 내가 반드시 죽인다!"

"내가 먼저다!"

"그럼 사이좋게 반씩 죽이자."

"좋아! 그렇게 하자. 으드득!"

〰️

"이, 이럴 수가!"

카쉬 제국의 사신단과 함께 벨리 마운틴을 찾은 알렌 공작은 연신 자신의 눈을 비비며 눈앞에 펼쳐진 광경을 믿기지 않는 눈으로 바라보고 있었다.

"공작님! 이게 당신네 제국이 말하는 죽음이 가득한 땅입니까? 그럼 우리 제국의 땅은 뭡니까?"

카쉬 제국의 사신단은 사방에 생명이 넘치는 비옥한 땅을 바라보며 분노한 표정으로 알렌 공작을 몰아붙였다.

카쉬 제국은 이런 비옥한 영토보다 사막이 더 많은 땅.

자신들도 그런 영토를 죽음의 땅이라고 부르지 않는데 이런 축복받은 땅을 죽음의 땅이라 부르니 자신들을 놀리는 것 같아 분노한 것이다.

알렌 공작은 억울했다.

이곳은 정말로 죽음의 땅이었다.

생명 자체가 존재하지 않는 버려진 땅이 바로 벨리 마운틴이었고, 제국에서도 이곳은 부정한 기운이 있는 곳이라 말하며 피하는 곳이었다.

공작은 수하에게 정말로 이곳이 맞는지 계속 확인을 하고
또 했다.

"아, 아니요. 저, 정말로 이곳은…… 죽음의 땅이었는
데…… 이게 어찌?"

"흥! 우리 제국이 아주 우스운가 보군요. 이렇게까지 농락
하실 줄은 몰랐습니다!"

"저, 정말 아니오! 오해요! 허……. 이걸 뭐라고 설명을 해
야 할꼬…….."

공작은 환장할 노릇이었다.

벨리 마운틴의 황량한 풍경을 본다면 그 황량함과 저주스
러운 풍경에 이들도 당황할 것이고 그것을 바탕으로 고홈 용
병단이 칼빈 제국의 꼬임에 넘어간 것이 아니라고 당당하게
주장할 수 있을 줄 알았다.

하지만 현실은 반대였다.

결과적으로 칼빈 제국은 제국에서 가장 좋은 영토를 고홈
용병단에게 준 것이나 다름없는 상황이 된 것이다.

문제는 이 상황에서 가장 당황한 사람들이 칼빈 제국의 사
람들이라는 점이었다.

어찌 된 영문인지 알 수가 없으니 카쉬 제국 사신단을 설
득할 수가 없었다.

"이, 일단 고, 고홈 용병단을 찾아봅시다. 그들에게 물어
보면 확실하지 않겠소!"

"흥! 그들과도 입을 맞춰 놓은 것이 아니오?"

"하아……. 그들은 자존심이 강해서 당당하다고 하지 않으셨소? 그런 자들이 우리가 꾀었다고 우리 뜻을 따르겠소?"

"가 보면 알겠지."

목소리에 냉기가 철철 흐르는 카쉬 제국의 사신단을 바라보며 칼빈 제국 사람들은 답답해서 미쳐 버릴 것 같았다.

알렌 공작은 궁에 돌아가면 벨리 마운틴을 담당하고 있는 관리 놈들을 가만두지 않겠다고 벼르며 이를 갈았다.

울창한 수풀을 열심히 헤치고 들어서자 환상 속에서나 볼 법한 아름다운 풍경이 그들을 반겼다.

자신들도 모르게 감탄을 자아낼 정도로 아름다운 풍경 속에 그림 같은 성이 자리하고 있었다.

"저 성은 뭐지? 저런 성이 있었나?"

알렌 공작이 고개를 갸웃거렸다.

그때 저 멀리서 한 무리의 기사단이 말을 타고 그들이 있는 곳을 향해 달려오고 있었다.

다그닥- 다그닥-!

가까이 온 기사단을 보니 삼 황자를 호위하라고 딸려 보낸 제국의 은빛 기사단이었다.

은빛 기사단은 알렌 공작을 보자마자 말에서 내려 군례를 올리며 인사를 했다.

"은빛 기사단장, 아그로! 알렌 공작 각하를 뵈옵니다!"

"그, 그래. 저, 저기 저 성에서 오는 길인가?"

"그렇습니다. 왜 그러시는지요?"

"저 성은 누구의 성이더냐?"

"네? 당연히 삼 황자님의 성이지요."

"설마! 저 성이 벨리 마운틴 성이라고?"

"그렇습니다."

"말도 안 돼⋯⋯."

알렌 공작은 기가 막힌 표정으로 성을 바라보았다.

자신이 알던 벨리 마운틴 성은 저렇지 않았다.

수백 년간 수리는커녕 관리조차 하지 않아 당장 몬스터가 튀어나와도 이상하지 않을 그런 괴기스러운 성이 바로 벨리 마운틴 성이었다.

그런데 눈앞에 보이는 성의 모습은 황궁과 비견해도 손색이 없을 정도로 아름다웠다.

"저, 저게 정말로 벨리 마운틴 성이라고? 정말로?"

"그렇습니다. 삼 황자님을 뵈러 오신 것입니까?"

"그, 그게 아니고⋯⋯. 혹시 이곳에 고홈 용병단이 오지 않았더냐?"

"아! 그분들 말씀이시군요. 그분들도 성에 계십니다."

"그, 그들이 왜 성에 있어?"

"삼 황자님께서 데리고 오셨습니다."

은빛 기사단장 아그로의 답변에 순식간에 주변 공기가 차갑게 변했다.

알렌 공작이 당황하며 뒤를 돌아보니, 아니나 다를까 한기가 풀풀 풍기는 카쉬 제국의 사신단이 보였다.

"이래도 아니라고 발뺌을 할 것이오? 하하, 우리 제국을 도대체 얼마나 우습게 알았으면 이런 되지도 않는 장난을 친단 말이오!"

"아니오! 저, 정말로 우리는 모르는 사실이오! 아, 아마 삼황자가 독단적으로 저들을 끌어들인 모양이오. 아니, 끌어들인 것이 아니라 의뢰를 한 것일 수도 있지 않소! 그렇지 않으냐? 고홈 용병단이 의뢰에 관한 이야기를 하지는 않더냐?"

"아! 맞습니다! 의뢰 때문에 이곳에서 당분간 머문다고 말했습니다."

"거, 거보시오! 우리는 정말로 아니라 하지 않았소."

알렌 공작의 말에 사신단은 여전히 냉랭한 분위기를 풍기며 말했다.

"직접 그들의 입에서 의뢰라는 말이 나오기 전에는 믿지 않겠소."

"후우, 그렇게 하시오."

알렌 공작은 자신과 함께 온 일행들에게 사신단을 벨리 마운틴 성까지 안내하라 지시하고는 은빛 기사단과 남았다.

은빛 기사단은 지나가는 사신단을 보고는 놀란 얼굴로 알렌 공작을 바라보며 물었다.

"저, 저자는 카쉬 제국의 예니체리······? 저기 가장 앞에 선 자는 카쉬 제국의 검이라 불리는 레전드 예니체리 바스라가 아닙니까?"

"그래. 레전드 마스터라 불리는 나와 비슷한 무위를 지닌 자다. 그나저나 이게 어찌 된 일이냐? 이곳에서 도대체 무슨 일이 벌어졌던 것이야?"

알렌 공작은 지금 상황에 대한 설명이 절실하게 필요했다.

이곳에 도착한 뒤로 계속 이상한 세상에 온 기분이 들어 정신을 차릴 수가 없었다.

알렌 공작이 간절한 눈빛으로 설명을 부탁하자 은빛 기사단장 아그로는 고개를 저으며 말했다.

"그 부분에 대해선 삼 황자님께 들으시면 됩니다. 지금은 삼 황자님께 가셔야 합니다. 그분께서 공작님을 모셔 오라고 하셨습니다."

"삼 황자가? 나를? 아니······ 내가 오는 것을 알고 있단 말이냐?"

"그렇습니다. 그분께서는 모든 것을 다 알고 계십니다."

"그게 무슨 말이냐?"

알렌 공작은 은빛 기사단이 무언가 이상하다는 것을 느꼈다.

이들의 행동은 마치 무언가에 홀린 사람들 같았다.

'뭐지? 아무래도 수상하구나. 정신 바짝 차려야겠어.'

알렌 공작은 제국이 모르는 엄청난 일이 이곳에서 진행되고 있다는 것을 느꼈다.

'삼 황자를 만나 보면 알겠지. 만약, 그가 제국에 반기를 드는 준비를 하는 것이라면…….'

찰나였지만 알렌 공작의 눈에서 살기가 스쳐 지나갔다.

워낙에 찰나의 순간이었기에 은빛 기사단은 그것을 느끼지 못했다.

"자, 가시지요. 제가 안내하겠습니다."

"그래, 가자."

알렌 공작은 삼 황자를 만나기 전에 일단 카쉬 제국 사신단의 오해를 푸는 것이 먼저라는 생각에 그들과 함께 고홈 용병단을 찾았다.

"만나서 반갑소! 나는 칼빈 제국의 공작 체스터 드 알렌이라고 하오."

알렌 공작이 먼저 고홈 용병단의 단장 데이몬드에게 악수를 청하며 인사를 했다.

"아! 반갑습니다. 저는 고홈 용병단장 데이몬드라고 합니다. 앞으로 칼빈 제국에 기거할 예정이니 잘 부탁드립니다."

"그, 그게…… 우리 칼빈 제국, 아니 이곳에 온 이유가 무엇인지 물어도 되겠소?"

"이곳에 온 이유라니요?"

"혹시, 삼 황자가 그대들에게 의뢰라도 한 것이오? 그래서 이곳에 있는 것이오?"

알렌 공작의 물음에 그곳에 있는 모든 이들이 데이몬드의 입만을 바라보았다.

저 입에서 어떤 대답이 나오냐에 따라 제국이 전쟁에 들어가느냐 마느냐가 정해지기 때문이었다.

하지만 그의 입에선 전혀 다른 말이 튀어나왔다.

데이몬드는 분노가 담긴 목소리로 나직하게 알렌 공작에게 경고하고 있었다.

"뭐? '삼 황자'? 감히 그분을 그따위로 부르다니⋯⋯."

순간 데이몬드의 몸에서 나온 엄청난 기운이 방 안을 가득 채우기 시작했다.

갑작스러운 상황에 놀란 사람들이 저마다 거리를 벌리고는 방어 태세를 취하며 경악했다.

'맙소사! 소문만 들었지, 이 정도일 줄은!'

알렌 공작은 데이몬드의 몸에서 나오는 기운에 놀라고 말았다.

자신과 비교해도 전혀 밀리지 않는 강대한 기운이었다.

카쉬 제국에서 온 레전드 예니체리 바스라 공작 역시 경악하고 있었다.

'과연! 폐하께서 왜 이리 이들에게 신경을 쓰고 모든 제국에서 이들을 영입하기 위해 노력했는지 알 것 같구나. 엄청난 기운이다! 결코 내 아래가 아니다!'

그렇게 감탄하다가 이상함을 느낀 것은 생각이 정리된 후였다.

'가만? 삼 황자를 낮춰 불렀다는 이유로 저리 분노한다고?'

알렌 공작은 지금 이 상황이 이해되지 않았다.

고홈 용병단은 주군을 모시지 않는 용병단으로 유명했다.

그 누구도 자신들의 위에 설 수 없다고 당당하게 외치고 다니던 진짜 사나이들이었다.

그런데 지금 말투는 무엇인가.

마치 삼 황자를 모시고 있는 듯한 말투가 아니던가.

알렌 공작은 자신도 모르게 침을 꿀꺽 삼키며 조심스럽게 물었다.

"지, 진정하시오. 지, 지금 화를 내는 이유가 혹시……. 내가 삼 황자님께 무례를 범해서요?"

"당연한 것이 아니오?"

"그, 그게 어찌 당연하단 말이오? 그대는 삼 황자와 아무런 연관이 없는데 어찌?"

"연관이 없다니? 나의 주군이오! 그대는 내 앞에서 나의 주군을 낮춰 부른 것이니 기분이 나쁜 것은 당연하지!"

쿠쿵—!

알렌 공작의 심장이 내려앉는 소리가 들려오는 것 같았다.

'주군? 누가? 삼 황자가? 그 망나니를 모신다고? 왜? 무엇 때문에? 뭐지?'

엄청난 충격과 혼란에 머릿속이 뒤죽박죽되어 가고 있었다.

그 와중에 카쉬 제국의 사신단은 얼굴이 새빨갛게 변한 채 한마디를 남기고 곧바로 그 자리를 떠났다.

"이것으로 확실해졌군. 준비하시오. 대카쉬 제국을 농락한 대가를 받으러 곧 올 것이오. 가자!"

알렌 공작은 저들을 말려야 하는데 정신이 뒤죽박죽된 상태라 미처 대처하지 못했고 그사이에 그들은 빠른 속도로 자신의 제국을 향해 사라져 갔다.

그제야 정신을 차린 알렌 공작이 다급하게 불러 봤지만 카쉬 제국의 사신단은 이미 사라지고 난 후였다.

망연자실한 상태로 천천히 데이몬드를 바라보는 알렌 공작이었다.

"왜? 왜 하필…… 삼 황자요?"

"그게 질문이오? 왜라니? 그분은 나의 신이니까. 나의 전부니까."

데이몬드의 눈이 황홀하게 변해 가고 있었다.

아까 은빛 기사단장과 기사단이 보이던 눈빛이었다.

'맙소사, 저건 진짜다. 도대체 이곳에서 무슨 일이 벌어지

고 있는 것인가? 무슨 일이!'

알렌 공작은 한시라도 빨리 삼 황자를 만나야겠다고 생각하고는 다급하게 이동하기 시작했다.

그 모습을 바라보던 데이몬드가 피식 웃으며 중얼거렸다.

"당신도 그분의 매력에 빠지면 헤어 나오지 못할 것이오. 주군, 또 다른 주군의 양이 주군의 품을 향해 가고 있습니다."

　　　　　　　　　※

쾅─!

"삼 황자!"

알렌 공작은 삼 황자, 영웅이 있는 방문을 벌컥 열고 들어가서 외쳤다.

그 모습에 차를 마시고 있던 영웅이 인상을 찡그리며 말했다.

"알렌 공작. 공작이면 이리도 무례해도 되는가?"

"삼 황자야말로 손님을 그런 자세로 맞이하는 것은 예의가 아니라고 생각하오만?"

알렌 공작의 말에 영웅이 찻잔을 내려놓으며 피식 웃었다.

웃는 이유는 바로 알렌 공작의 뒤에서 이글거리는 눈으로 알렌 공작을 바라보고 있는 아더 때문이었다.

"더는 무례를 범하지 않는 것이 좋을 텐데……."

"닥쳐라!"

"나는 분명히 경고했어."

빠악-!

"커헉!"

알렌 공작은 뒤통수에 엄청난 충격을 받으며 방구석까지 나가떨어졌다.

"크윽! 어떤 새끼가!"

알렌 공작이 뒤통수를 문지르며 벌떡 일어나 자신을 공격한 자를 찾았다.

그의 눈에 아더가 들어왔다. 알렌 공작은 재빨리 자신의 검을 꺼내 아더를 향해 휘둘렀다.

알렌 공작의 손에 들려 있는 검에는 마스터의 상징인 시퍼런 오라가 선명하게 감싸여 있었다.

"죽고 싶다니 죽여 주마!"

후웅-!

알렌 공작은 갑작스러운 공격에 너무나도 분노한 나머지, 레전드 마스터인 자신이 기척도 느끼지 못한 채 얻어맞았다는 사실을 깨닫지 못하고 아더를 향해 달려들었다.

그전에 이미 정신적으로 피로가 잔뜩 쌓여 있는 상태였기에 제대로 생각을 하지 못하고 있는 것도 컸다.

한마디로 제정신이 아닌 상태라는 소리였다.

까앙-!

몸이 잘려 나가는 소리 대신 단단한 돌에 부딪히는 소리와 함께, 공격한 알렌 공작의 표정이 일그러졌다.

"크윽!"

공격한 것은 자신인데 오히려 충격을 받은 것이다.

"마, 말도 안 되는……. 오라를 두른 검을 맨몸으로 막았다고?"

분명히 몸을 정확하게 가격했는데 맞은 놈은 멀쩡하고 때린 놈이 아픈 기이한 상황이 연출된 것이다.

그에 아더가 씨익 웃으며 친절하게 설명해 주었다.

"이거? 신기하지? 주인이 가르쳐 준 금강불괴(金剛不壞)라는 능력이다. 크큭, 이제 내 차례인가?"

아더는 미소를 지으며 손을 들어 올렸다.

쯔잉-!

아더의 손에는 눈이 시릴 정도로 환한 빛을 내뿜는 광구가 생성되었다.

그것을 본 알렌 공작은 경악하며 뒷걸음질을 쳤다.

"헤, 헬파이어?"

8서클 마스터가 되어야 겨우 펼쳐 본다는 최강의 마법을 시동어도 없이 생성하는 아더였다.

그 순간 알렌 공작은 아더를 두려운 눈빛으로 바라보았다.

"서, 설마? 드래곤?"

알렌 공작의 말에 아더가 웃으며 대답했다.

"정답! 생각보다 눈치가 빠르네."

웅웅웅웅ㅡ!

손에서 소름이 끼치는 소리를 내는 헬파이어를 소환한 채 환하게 웃는 아더였다.

"그것을 이곳에서 더, 던지면 서, 성안에 있는 모든 이들이 죽는다! 드, 드래곤은 인간 세상에 관여하지 않는 것이 철칙 아니었나?"

"응, 나는 상관없다. 이곳 세상의 드래곤이 아니니까."

"그, 그게 무슨?"

알렌 공작은 이를 꽉 다물고 정신을 집중하기 시작했다.

자신은 레전드 마스터였다.

드래곤도 상대할 수 있다는 무적의 검사가 바로 자신이었다.

'그래! 겁먹지 말자! 나는 인간계의 최강이다!'

정신을 다잡은 알렌 공작이 결연한 눈빛으로 아더를 바라보며 말했다.

"밖에서 정식으로 그대와 대결하고 싶다!"

알렌 공작의 말에 아더가 영웅을 바라보았다.

ㅡ눈부시고 정신 사나우니까 밖에 데리고 가서 놀아 주고 와.

영웅의 전음에 아더가 씩 웃으며 고개를 끄덕였다.

아더는 영웅이 한 말에 고개를 끄덕인 것인데 알렌 공작은 자신의 제안을 듣고 끄덕인 것으로 착각했다.

"좋다, 나가지."

어느새 아더의 손에서 헬파이어는 사라진 상태였다.

'과연, 괴물이구나. 저런 고급 마법을 자유자재로 구사하다니. 인간을 대표해서 최선을 다하겠다!'

이미 알렌 공작의 머릿속에는 카쉬 제국의 일과 삼 황자에 대한 일은 지워지고 없었다.

그의 머릿속에는 눈앞에 있는 드래곤과의 승부밖에 없었다.

이글거리는 알렌 공작의 눈빛에 아더 역시 즐거웠다.

한동안 무료했는데 이런 즐거운 일이 생기다니.

자신에게 즐거움을 선사했으니 주인에게 무례한 것에 대한 벌은 조금만 주자고 생각하는 아더였다.

⁂

"그륵, 그륵. 내, 내가 그륵, 졌소."

알렌 공작은 피가래 소리를 내며 부러진 검에 몸을 지탱한 채 아더에게 말하고 있었다.

아더는 그런 알렌 공작을 보며 놀란 상태였다.

그는 정말로 강했다.

"너 정말로 강하구나? 세상에, 이 정도 강함이면 이곳에 존재하는 드래곤들도 긴장해야겠는데?"

아더의 말에 알렌 공작은 입안에 가득 찬 피가래를 뱉어
내며 대답했다.

　카아악 퉤-!

　"크큭! 고맙소. 상처 하나 없는 몸으로 그런 이야기를 해
주는 것이 우습지만 말이오."

　"여기 상처 있는데?"

　아더는 자신의 상처를 보여 주었다.

　어깨 쪽에 살짝 자상이 나 있었고 피도 아주 조금 흘러 내
렸다.

　그 말에 알렌 공작은 자조 섞인 웃음으로 말했다.

　"그래, 실컷 놀리시오."

　알렌 공작은 정말로 모르고 있었다.

　이 세상에 온 뒤로 아더에게 상처는커녕 그의 옷자락 하나
건드린 이가 없다는 사실을 말이다.

　심지어 드래곤들조차 아더의 옷자락 하나 건드리지 못할
정도로 아더는 강했다.

　그런 아더에게 상처를 입힌 것이 얼마나 대단한 것인지 아
직은 모르는 알렌 공작이었다.

　아더는 백번 말해 봐야 상대방이 받아들이지 않으니 의미
가 없다고 생각하고 포기했다.

　"그래, 내가 백날 말해 봐야 믿지 않겠지. 그나저나 상처
가 심하군."

"치료해 주실 거요?"

"그래야지. 가자."

"어디를 말이오?"

"치료하러."

아더는 알렌 공작이 마음에 들었다.

싸우면서 정든다더니 그 말이 사실인 모양이었다.

알렌 공작을 벌주겠다는 생각은 이미 저 멀리 사라진 아더였다.

아더가 알렌 공작을 데리고 간 곳은 당연히 영웅이 있는 방이었다.

알렌 공작은 어리둥절한 표정으로 아더를 바라보며 물었다.

"왜 이곳에?"

아더는 알렌 공작의 질문을 가뿐히 무시하고는 영웅에게 말했다.

"주인! 이놈 강합니다! 치료해 주십시오!"

아더의 말에 알렌 공작이 경기를 일으키며 뒤로 물러섰다.

그의 동공이 세차게 흔들렸다. 떨리는 입을 간신히 열었다.

"지, 지금 무, 뭐라고 하셨소? 주, 주인? 사, 삼 황자……님이 주인?"

"그렇다. 저분이 나의 주인이다. 너는 아까 나의 주인에게 무례를 범했었다. 그래서 나는 너를 제대로 교육하려고 했는데 네가 마음에 들었다."

알렌 공작은 다시 머릿속이 혼란스러웠다.

오늘 겪은 모든 일을 통틀어 지금이 가장 혼란스러웠다.

영웅은 심하게 떨리는 동공으로 자신과 아더를 번갈아 가며 바라보는 알렌 공작을 보고는 왜 저러는지 이해가 되었다.

"리스토어."

영웅이 혼란스러워하고 있는 알렌 공작을 향해 손을 뻗어 그의 몸을 치료해 주었다.

삼 황자가 손을 뻗으며 뭐라 외치자 고통만 가득했던 몸에 청량한 기운이 들어왔다. 알렌 공작은 지금까지 느껴 보지 못했던 황홀함과 쾌감, 시원함을 모두 느끼고 있었다.

속이 뻥 뚫리고 다시 태어나는 기분이었다.

순식간에 몸에 모든 상처가 사라지고 청년 시절의 피부처럼 뽀얗게 변한 알렌 공작이 멍하니 서 있었다.

지금 자신에게 일어난 일이 뭔지 도통 감을 잡지 못하고 있는 것 같았다.

"일단 자리에 좀 앉지."

영웅의 말에 알렌 공작은 뭐에 홀리기라도 한 듯이 소파가 있는 곳으로 걸어가 다소곳하게 앉았다.

알렌 공작은 현재 정신이 붕괴하기 직전에 영웅의 리스토어에 의해 그것이 막힌 상태였다.

붕괴하려던 정신과 다시 원상태로 돌아가려는 정신이 머

릿속에서 부딪히며 일시적으로 아무 생각이 없는 상태가 된 것이다.

원상태로 돌아가려는 정신이 더 강했는지 이내 정신을 차리고 영웅을 바라보는 알렌 공작이었다.

"저, 정말로 제가 아는 삼 황자님입니까?"

알렌 공작이 가장 궁금했던 것이 바로 이것이었다.

자신이 아는 삼 황자는 망나니였다.

망나니 정도가 아니라 그냥 상종조차 못 할 쓰레기였다.

황제의 아들만 아니었으면 자신의 손에 죽어도 벌써 골백 번은 죽었을 인간이 바로 눈앞의 삼 황자였다.

언제나 썩은 눈빛으로 사람을 바라보았고 행동 하나하나에 의욕이 없던 인간이, 지금은 그 누구보다 맑은 눈빛으로 당당하게 자신 앞에 앉아 있었다.

무엇보다 삼 황자가 자신에게 사용한 기술에는 신성 제국에 있는 성녀가 아니고서는 흉내조차 낼 수 없을 정도의 엄청난 양의 신성력이 포함되어 있었다.

그것을 누구보다 확실하게 느낀 알렌 공작이었기에 지금 이렇게 믿기지 않는 표정으로 삼 황자를 바라보는 것이다.

"아아, 그대가 아는 칼빈 제국의 삼 황자, 메스릭 디 보로스를 말하는 거라면 맞아. 다만, 내가 이 힘을 얻는 과정에서 기억을 잃었다는 사소한 문제가 있을 뿐이지."

말도 안 되는 소리다.

하지만 다르게 이야기하면 또 말이 되는 이야기이기도 했다.

저런 힘을 얻는 과정에서 부작용이 고작 기억을 잃는 것이라면 누구라도 그런 부작용을 감수할 것이다.

더욱이 그 기억이 떠올리기도 싫은 최악이라면 말이다.

그런 점에서 알렌 공작이 생각하기엔 삼 황자는 정말로 운이 좋은 사람 같았다.

그래도 무조건 믿을 수는 없었다.

강해지는 것도 정도가 있지, 드래곤을 수하로 부리고 죽어가는 사람을 순식간에 회생시키는 능력이라니.

알렌 공작은 정말로 묻고 싶은 것이 많았다.

"고, 고홈 용병단도 삼 황자님의 수하입니까?"

알렌 공작의 물음에 영웅이 고개를 끄덕였다.

"이 성안에 존재하는 모든 이들이 다 내 수하다. 아바마마께서 나에게 붙여 주신 철사자단을 포함해서 말이지. 아, 저 뒤에 서 있는 저 네 놈도 드래곤이야. 인사해."

다음 권으로 이어집니다